당차게 다녀온 100일간의 유럽 여행

나 혼자 떠나는 여행

당차게 다녀온 100일간의 유럽 여행

나 혼자 떠나는 여행

초판 1쇄 인쇄 | 2016년 12월 2일
초판 1쇄 발행 | 2016년 12월 5일

지은이 | 이진실
펴낸이 | 박영욱
펴낸곳 | 깊은나무

편　집 | 허현자 · 이소담
마케팅 | 최석진 · 임동건
표지 및 본문 디자인 | 서정희 · 심재원

주　소 | 서울시 마포구 월드컵로 14길 62, 4층
이메일 | bookrose@naver.com
페이스북 | facebook.com/bookocean21
블로그 | blog.naver.com/bookocean
전　화 | 편집문의: 02-325-9172　　영업문의: 02-322-6709
팩　스 | 02-3143-3964

출판신고번호 | 제313-2007-000197호

ISBN 978-89-98822-32-3 (03810)

이 도서의 국립중앙도서관 출판예정도서목록(CIP)은 서지정보유통지원시스템 홈페이지(http://seoji.nl.go.kr)와 국가자료공동목록시스템(http://www.nl.go.kr/kolisnet)에서 이용하실 수 있습니다.
(CIP제어번호: CIP2016027155)

당차게 다녀온 100일간의 유럽 여행

나 혼자 떠나는 여행

이진실 지음

깊은나무

머리말

'여자 혼자 100일 동안 유럽을 여행했다고?'

사람들이 놀라며 되묻는다. 어떻게 혼자 떠날 생각을 했는지, 외국에서 위험한 일은 없었는지 궁금해한다. 사람들이 놀랄 만큼 긴 시간 혼자 여행하는 것이 쉽지는 않았지만, 즐겁고 행복했던 기억이 많아서 기회가 생긴다면 또 혼자 가고 싶다.

혼자 여행하는 시간이 너무 좋아서 주변 사람들에게 권하면 대부분 혼자서 그리 길게 가지는 못할 것 같다고 한다. 무섭고, 재미도 없을 것 같다는 게 그 이유다.

그런 부분이 있는 것은 사실이다. 그럼에도 불구하고 혼자 떠나는 것은 충분한 가치가 있는데, 첫발을 내딛기가 어렵다는 이유로 이렇게 좋은 것을 하지 못할까 봐 아쉬웠다. 그래서 친구들과 주변 사람들에게 혼자 여행 가는 것을 어떻게 생각하는지, 가장 걱정되는 부분이 무엇인지 그리고 여행하면서 무엇을 기대하는지를 물었다.

사람들의 대답에서 내 예상과 맞는 부분과 그렇지 않은 부분이 있었다. 사람들이 여행에서 기대하는 것은 맛있는 것을 먹고, 색다른 곳에 가서 SNS에 올리거나 카카오톡 프로필에 쓸 예쁜 사진을 남기는 것임을 알게 되었다.

하지만 여행에서 그것만 얻어오기는 너무 아까웠다. 그 또한 즐거운

여행이다. 그러나 내가 직접 여행을 하고 나니 예쁜 사진, 멋진 광경, 맛있는 음식도 좋지만, 그 이상의 것을 얻었다.

100일을 여행하니 막바지에 감흥이 떨어진 것은 사실이지만, 여행은 보는 것만으로 끝나는 것이 아니다. 주변 환경에 익숙해졌다고 해서 여행의 가치가 단번에 사라지지 않는다.

어느새 여행마저 익숙해져 하루하루가 살짝 지루할 때도 있었지만, 여행을 지속하며 소소한 것을 통해 나를 이해하고 세상을 알아갔다. 똑같은 곳을 여행하더라도 아무것도 보지 못하는 사람이 있고, 그 이상의 것을 채워오는 사람이 있는 것처럼 말이다.

자기 여행을 값지게 만드는 것은 여행자만이 할 수 있다. 작은 일 하나에도 깊은 관심을 가지고 차분히 들여다보며 사색하는 시간을 가져야 한다.

혼자이기 때문에 생각하고 정리하는 데 누구의 방해를 받을 필요도 없다. 타인의 방해 없이 내가 머물고 싶은 곳에서 원하는 만큼 있을 수 있는 그 작은 것이 얼마나 좋은지 떠나보면 알게 될 것이다.

혼자 하는 여행의 묘미를 맛보면 또다시 떠나지 않을 수가 없다. 하지만 그 맛은 혼자 여행을 해본 사람만이 알 수 있다. 그러니 여행에 다녀와서 아무것도 남지 않았다고 하는 것이 아니라 인생에서 깊이 있는 기억으로 남기를 바란다.

여행 전의 나는 해야 할 것과 하지 말아야 하는 것에 둘러싸여 있지만, 여행하는 순간에는 모든 것에서 자유롭다. 그래서 무작정 여행을 가고 싶은 줄만 알았던 내가 혼자 여행을 가게 된 이유를 추려내면서 인식하지 못했던 내 마음속의 욕구를 알게 되었다.

책을 읽으며 가슴이 뛴다면, 나도 혼자 떠나고 싶다는 마음의 신호를 무시하지 말자.

이 책으로 인해 혼자 떠나고 싶어도 망설이는 사람이 있다면 혼자 여행을 떠나는 용기를 내면 좋겠다. 떠나기 전까지는 무섭고 겁이 나더라도 막상 떠나면 별것 아니라고 느낄 수 있을 것이다.

이 책 중 **'혼자 떠난 몇 가지 이유'** 부분은 항공권을 끊고 숙박과 교통편을 예약하고 갈 곳을 정하는 여행 준비가 아니다. '혼자' 떠나는 여행자가 여행 전에 갖춰야 할 마음가짐에 대한 글이다. 여행 전에 수없이 갈등하고 결정을 번복했더라도 떠나기로 마음을 먹었다면 반드시 이 부분을 읽어보고 조금이라도 도움이 되면 좋겠다.

책에서 추천하는 내용 모두 내 경험에서 나왔다. 참고는 하되 언제나 옳은 것은 아니니 독자가 혼자 여행을 가서 맞는지 확인해도 좋을 것 같다.

마지막으로 **'알고, 배우고, 느끼고'** 부분은 여행 가기 전의 나와 다녀온 후의 내 모습이 어떻게 다른지를 살펴봤다. 이 책을 쓰면서 여행지의 정보를 제공하는 가이드북이 아니라, '여행을 통해 더 나은 삶을 살기 원하는 나 홀로 여행자를 위한 가이드'가 되고 싶었다.

2015년 1월부터 12월까지 인터파크투어 자사 해외항공 예약 DB를 조사한 결과, 1인 항공권을 예약한 인원이 전년 대비 21% 증가했다. 전체 여행객 중 36%, 즉 3명 중 1명꼴인 셈이다. 그들이 주로 갔던 여행지는 도쿄, 상하이, 오사카, 홍콩, 런던, 방콕, 칭다오, 베이징, 마닐라, 타이베이, 싱가포르, 파리, 뉴욕, 후쿠오카, 로스앤젤레스, 호찌민, 하노이, 광저우, 밴쿠버, 샌프란시스코다. 1위를 차지한 도쿄는 물론이고 대부분의 여행지가 가까운 아시아권이다.

혼자하는 여행의 시작이 거창할 필요는 없다. 주말을 이용해 가까운 곳을 가거나 동행자와 함께 하는 여행의 하루만이라도 혼자만의 시간을 보내는 것도 좋다.

곧 혼자 떠날 수 있기를 바라며…….

이진실

CONTENTS

Part 1

혼자 떠난 몇 가지 이유

Part 2

'나'를 알기

Part 3

혼자 하는 여행의 재미

Part 4

혼자서도 할 수 있어!

Part 5

알고, 배우고, 느끼고

Part 1

혼자 떠난 몇 가지 이유

1
나만의 시간을 갖고 싶어

어느 날 문득 똑같은 하루를 반복하는 시간이 아깝게 느껴졌다. 20대 초반에는 회사 다니는 것이 사회 경험을 쌓고 배우는 과정으로 여겼는데, 이제는 그런 생각이 사라졌다. 회사에서 보내는 시간에 내가 원하는 것을 하고 싶었지만, 막상 그것이 무엇인지 뚜렷하지 않았다. 하지만 그런 생각이 들어도 당장 회사를 그만둘 순 없었다. 가진 돈도 없었을뿐더러 더는 부모님께 도움을 받을 수 없었기 때문이다.

나는 회사에 다니면서 내가 하고 싶은 것도 해야 했다. 새로운 것을 배우고 공부를 하며 때로는 놀면서 20대를 알차게 보내려고 했다. 그러다 보니 퇴근 후에 수업을 듣거나 운동을 하고, 주말에는 약속과 밀린 집안일 등을 하다보면 시간이 금방 흘렀다. 그래서 매일 고정적인 근무 시간을 제외하면 내 의지대로 할 수 있는 내 시간이 턱없이 부족했다.

간신히 만든 자유시간에 내가 하고 싶은 것들을 해야 하는데 막상 그런 시간이 생기면 이런저런 이유로 계획한 것들을 하지 못했다. 그래서 시간이 부족하다고 느껴져서 '아침형 인간', '4시간 수면법' 등에 관심을 가졌지만 그것 역시 실천하기가 어려웠다.

게다가 가끔 나만의 시간을 갖더라도 휴대전화가 문제였다. 알람을 꺼놓거나 비행기 모드를 해두어도 혹시 연락이 왔을까 싶어 내가 먼저 휴대전화를 확인했다. 그러다 보니 다른 일에 집중하고 있더라도 금방 흐름이 끊겼다. 당장 확인하지 않아도 되는 카카오톡이나 SNS 알람을 눌러 이것저것 구경하면 시간이 훌쩍 흐르기 때문이다.

특히 카카오톡은 한번 답장을 하고 끝나는 것이 아니라 실시간에 가깝게 메시지를 주고받다 보니 더 끊기가 어려웠다.

가장 마음에 들지 않았던 부분은 매일 아침 '오늘은 무엇을 반드시 해야지!' 라고 다짐해도 저녁에는 피곤이 몰려와서 잠자리에 들거나 어영부영 끝난 것이다.

하지만 현실은 어제나 오늘이나 반복되었다. 어느 누구든 회사 일 외의 것을 겸하기는 어렵지만, 회사가 1순위가 될 만큼 모든 시간과 열정을 쏟을 수 없었다. 나는 회사 일과 별개로 내가 하고 싶고 추구하는 것이 있었다. 욕심은 있지만 의지가 약해서 못하는 것 같아서 스스로가 실망스러웠다.

나는 생활 속에서 오롯이 나만을 위한 시간이 필요했다. 그래서 카카오톡은 탈퇴와 재가입을 반복하다가 완전히 끊었다. SNS를 하는 시간도 확 줄였다. 이렇게 독한 마음을 먹고 카카오톡을 그만뒀지만 불편할 때도 있다.

사실 나보다는 주변 사람들이 더 그렇다. 왜 카카오톡을 안 하냐고 물어보고 다시 하라고 권유하기도 한다. 특히 친구들과 약속을 정할 때나 조모임 수업 공지사항을 전달받을 때에는 소외된 느낌이 든다.

할아버지는 그라피티를 보며 무슨 생각을 하실까? | 바르샤바, 폴란드

생각해보면 예전부터 나는 가끔 '잠수'를 탔다. 소심하고 걱정이 많아서 그렇게 오래 하지도 못하고 금방 다시 나타났지만, 그때부터 혼자만의 시간을 의도적으로 갖기 위해 노력했던 것 같다.

다른 사람에게 피해를 주는 일이 아니라면 내가 원할 때 그런 시간을 갖는 것은 나쁘지 않다. 나에게 '잠수'는 그저 SNS나 메신저를 하지 않을 뿐이지 언제든지 통화는 가능하니 급한 일을 알지 못할 경우는 드물었다.

나도 처음에는 '다른 사람이 나를 찾진 않을까?', '급한 일이 생겼을 때 나만 모르면 어떡하나?' 라고 생각했지만, 그런 걱정은 할 필요가 없다는

Da Capo al fine

것을 알게 되었다.

이렇게까지 해도 자고 일어나면 금방 다음날이 되니 시간이 너무 짧았다. 심심하고 지루해서 더 이상은 못하겠다 싶을 정도로 혼자만의 시간이 필요했다. 결국, 틈날 때마다 저렴한 항공권을 찾아보는 고품격 취미를 가진 나에게는 여행이 제격이었다.

어느 날 갑자기 여행을 가면 아침부터 저녁까지 하루종일 내 마음대로 할 수 있을 것 같았다. 쉬고 싶을 때 쉬고, 자고 싶을 때 자면서 내가 하고 싶은 것을 하며 시간을 보낼 수 있을 것이라고 기대했다.

지금이 아니라면 안 될 것 같았다. 계속 미뤄봤자 당장 가지 못할 이유가 늘어날 것이 뻔했다. 그때 내 나이가 25살이었으니 100살까지 산다고 하면 1/4 지점이 되는 나이였다. 이쯤에서 한번 제대로 쉬어줘야 할 때인 것 같아 결단을 내렸다.

막상 혼자 여행을 하다 보면 결코 내가 원하는 것, 하고 싶은 것만 할 수 없었다. 전보다 할 일이 많이 줄어들었지만, 여전히 해야 할 것이 있었다. 이동하는 교통편을 알아보고, 숙소를 예약하고, 빨래도 해야 했다. 또, 환경이 바뀌기 때문에 평소와 다른 다양한 사건이 일어날 경우의 수도 늘어난다. 아무것도 하지 않고 그저 놀고먹고 쉬기만 하는 여행을 하려면 돈이 많고 미래에 대한 걱정이 없어야 가능할 것이다.

나는 그런 경제적으로 풍족한 조건이 아니었다. 그래서 여행 기간에 한 시간이면 갈 곳을 몇 시간에 걸쳐 돌아간 적도 있다. 비행기를 타면 금방 가는데, 경비를 생각하면 비싸고 편한 비행기보다 저렴하고 빙빙 돌아가는 버스를 타야 했다.

여행이란 반드시 어디에 발을 딛고 있어야 하는 것은 아니다. 이동하는 시간도 여행의 일부분이다. 내가 있던 곳을 떠나 다른 곳으로 가는 시간은 '나'에 대해 생각할 시간으로 아주 딱 맞다.

멍하니 있다가도 번뜩 아이디어가 떠올라서 내가 앞으로 하고 싶은 것이 분명해지고 계획이 생겼다. 누구의 방해도 없이 휴식을 취하기도 했으니 혼자 여행한 시간은 절대 아깝지가 않다. 게다가 혼자 시간을 보내는 방법과 소중함을 더 알게 되었다. 혼자 시간을 보내는 방법이 여행이라면 더 좋겠지만 그렇지 않더라도 바쁜 와중에 내 시간을 갖는 것을 소홀히 하지 않겠다고 다짐했다.

2
나는 누구일까

초등학생일 때 잡지에서 일본과 호주 등의 워킹홀리데이 기사를 스크랩하며 나도 언젠가 워킹홀리데이를 꼭 떠나리란 다짐을 했다.

결국 21살이 되던 해 그 꿈이 이루어졌다.

나 혼자 떠난 건 아니었다. 국토대장정으로 유명한 YGK(Young of Great Korea의 약자)에서 해외에 한국을 알릴 목적으로 시작한 해외 프로젝트 기간 동안 대원들과 한집에서 살면서 어학연수, 아르바이트, 캠퍼밴(Campervan · 자동차 캠핑에 이용하는 자동차) 여행 등을 하는 3개월짜리 프로그램이었다.

나는 이 프로그램을 취업 관련 커뮤니티의 대외활동을 살펴보다가 우연히 알게 되었는데 어학연수 겸 새로운 경험을 하고 싶어 지원했다. 운 좋게 나를 포함해 최종 6명이 선발되어 뉴질랜드New Zealand로 떠나는 비행기에 탔다.

처음 3개월간은 알차게 보내려고 노력했다. 그래서 새벽에 집을 나서면 저녁 무렵 귀가했다. 어학원에서 수업을 듣다 점심시간에 짬을 내 주로 어학원 학생들이 자주 가는 음식점에서 아르바이트를 했다. 그러고도 시간이 남

인터라켄 오스트 역에서 출발해 그린델발트로 향하는 열차 앞에서 | 인터라켄, 스위스

으면 도서관에 가거나 친구들과 어울렸다. 그렇게 해야 왕복 버스비가 아깝지 않았기 때문이다. 그래서 친구들은 나를 '숙소에서 가장 얼굴 보기 힘든 사람'이라고 불렀다.

우린 3개월이 기간이 지난 후에 흩어졌다. 나는 시티에 있는 셰어하우스에 방을 구해 학원을 알아보며 새로운 시작을 준비했다. 브라질, 체코, 슬로바키아 국적의 친구들이 함께 사는 곳에 영어를 쓸 작정으로 들어가서 함께 놀며 시간을 보냈다. 하지만 시간이 흐르자 점차 권태기가 찾아왔다. 예전

만큼 밖에 나가지도 않고 그곳 생활에 의욕이 떨어져서 향수병에 걸린 것처럼 한국이 그리웠다. 그래서 혼자 방에 있는 시간이 많아졌다.

반대로 셰어하우스 친구들은 늦게까지 노래를 틀거나 다른 친구들을 집으로 데려와 무척 시끄러웠다. 게다가 이곳에는 빈대까지 있었다. 그래서 빈대를 없애주는 업체를 불러 침대를 소독하고 이불을 햇빛에 말리고 레몬즙을 뿌려봐도 아무 소용이 없어서 결국 여기를 나올 수밖에 없었다.

빈대가 있던 집에서 몇 블록 떨어진 곳으로 이사를 가느라 캐리어를 끌고 몇 번이나 직접 왔다 갔다 하며 짐을 옮겼다. 하지만 이사 간 뒤부터 더 게을러지고 느지막히 하루를 시작했다.

YGK의 대원으로서 3개월이라는 정해진 시기가 끝난 후 현지 유학원을 통해 워크(Wok) 비자를 받아서 뉴질랜드에 1년 더 머물 수 있게 되었다.

시간적 여유가 늘어나니 예전만큼 부지런히 시간을 쪼개 쓰지 않았다. 밖에 나가지도 않고 한국 드라마를 보면서 그곳에서 누릴 수 있는 것과 멀어졌다. 무료한 일상이 계속되니 한국이 그리웠다. 함께 간 언니는 그곳에서 테솔(TESOL) 자격증을 따거나 혹은 호주에서 새로운 시작을 했다. 아르바이트를 두 개씩 하면서 부지런히 돈을 모으는 사람도 있었다. 하지만 나는 그렇지 못했다. 그러다 영어 공부하기에는 한국이 더 편하다는 이유로 돌아왔다.

뉴질랜드에서 살면서 알게 된 것이 있다. 나도 혼자서도 어디에서든 잘 먹고 잘살 것 같았지만 실제로는 그렇지 않다는 것, 똑 부러지고 강한 줄 알

았는데 게으르고 외로움을 많이 탄다는 것이었다.

그 이후 짧은 여행을 하면서도 몰랐던 내 모습을 발견했다. 부지런히 다닐 줄 알았는데 자느라 시간을 다 쓴 적도 있고, 혼자서 여행해도 괜찮을 줄 알았는데 함께 여행하는 친구나 가족을 보면 부럽기도 했다. 새로운 사람들을 만나는 것을 좋아한다고 생각했었는데 막상 혼자 있는 것을 더 좋아한 적도 있다.

여행을 떠나기 전에 예상했던 내 모습은 그대로인 것도 있지만, 전혀 다른 부분도 많았다. 여행이라는 특별한 상황이라서 그럴 수도 있었겠지만, 그 또한 엄연히 나의 일부였다.

여행하는 동안 내 진짜 모습을 알게 되면서 당황스러운 적이 많았다. 내가 알고 있고 기대했던 모습과 다를 때면 인정하기 싫은 적도 있었다. 하지만 그것은 어쩔 수 없는 사실이었고, 점차 내가 알지 못한 나를 발견하고 이해하는 데 도움이 되었다.

소크라테스Socrates가 '너 자신을 알라'고 말했지만 '나'를 아는 것은 보통 일이 아니다. 어디까지를 안다고 말해야 할지 애매하고, 안다고 해도 끝이 없을 것 같다. 혼자 하는 여행은 원래의 '나'를 이해하고 새로운 나를 발견하는 계기가 되어 '혼자'이기 때문에 처한 상황과 환경에서 내 본연의 모습이 드러난다.

애덤 그랜트의 저서 『기브 앤 테이크』에서 '기버(giver · 받는 것보다 주는 것을 좋아하는 사람)', '매처(matcher · 받은 만큼 되돌려 주는 사람)', '테이커(taker · 주는 것보다 받는 것을 더 좋아하는 사람)'에 대해 설명을 하는데, 그들은 상황에 따라서 다른 모습을 보인다. 가족과 함께 할 때는 사랑을 주는 '기버'가 되지만, 일터에서는 적절히 주고받는 관계인 '매처'가 되는 것처럼 말이다.

사람은 사람들과 관계를 맺으며 사는데, 그 관계 속에 자연스럽게 자신의 역할이나 의무가 생긴다.

그러나 친한 친구와 함께 있을 때나 직장 동료와 함께 있을 때는 엄연히 다르다. 누구와 함께 있고, 내가 어떤 역할을 해야 하느냐에 따라 나에게서

뉴질랜드 타우포 호수에 있는 번지점프대. 그때는 무서워서 뛰지 못했지만, 지금 가면 뛸 수 있을까?

다른 말과 행동이 나온다. 반면, 혼자서는 내가 누군지 의식할 필요도 없다. 내가 마땅히 해야 할 역할도 주어지지 않는다. 그러므로 내 본연의 모습대로 생각하고 말한다. 그러다 보면 진짜 내 모습, 때로는 내가 상상도 못한 내 모습이 나타나기도 한다.

뉴질랜드에서 보낸 시간은 아쉬움이 많이 남는다. 지금이라면 분명 그렇게 하지 않았을 테니까.

하지만 아쉬움이라는 것은 그때가 있어 존재할 수 있다. 그때 해보지 않았더라면 지금까지도 모르고 있었을 것이다. 그러니 시간이 지나 아쉬움을 알기에 후회 없이 해보자는 다짐을 하게 된다.

나는 혼자 여행하면서 여행지에서 만나는 사람들에게 영향을 받았다. 위험할 것 같은 상황에서 피하려고 할 때나 다른 상황에서도 사람들에게 물어보지 않고 내가 선택하고 그들처럼 능숙하게 행동할 수 있는 눈치도 늘었다. 혼자서 여행을 하면서 겪은 상황들이 나를 알고 발전할 수 있었다.

때로는 예전보다 나아진 부분도 있고 변하지 않고 그대로인 점도 있었다. 어느 것이 좋고 나쁜 것이 중요한 것보다는 여행 덕분에 '나'와 더 가까워졌다. 친구에 대해 알려면 사흘만 같이 여행을 하라는데 나는 100일이나 혼자 여행했으니 말이다.

여행이 끝난 지금도 여전히 나는 나를 알아가는 중이다. 여행 덕분에 소심하면서 대범하고, 친절하지만 단호한 '나'를 발견하게 되었다. 나아졌으면 했던 부분이 여전히 남아있지만, 그 부분을 극복하고 싶다는 나름의 목표도 생겼다.

가장 좋은 점은 어떤 상황에서 내가 의지가 강하고 약한지, 에너지가 넘치거나 가라앉는지 알 수 있어서 조금 더 행복하고 즐겁게 살 수 있을 것 같아 기대되었다

이런 방식으로 내가 알고 있는 나를 데이터로 활용하면 앞으로 겪게 되는 여러 상황을 대처하는 나만의 방법이 생겨 슬기롭게 해결할 수 있을 것이다.

3

내가 원한 다양한 경험들

난 뭔가를 배우고 내가 직접 하는 것을 좋아한다. 대학을 서울로 오고 싶었던 것도 그런 이유다.

디자이너가 되는 것이 꿈이었던 나는, 서울에 오면 볼 것, 경험할 것, 구경할 것이 내가 사는 양산보다 훨씬 더 많을 것만 같았다. 그래서 양산보다 훨씬 더 큰 곳에서 살고 싶었다.

서울에 온 후에 칵테일, 탱고, 꽃꽂이, 복싱, 발레, 번역, 글쓰기, 응급처치, 영어, 중국어, CS 강사, 스피치, 수영, 필라테스, 요가, 경매, 코칭 등 국비지원이 되는 교육 위주로 받느라 연간한도를 다 써버렸다. 그래서 사비로 배운 것도 있다.

여러 가지를 배우고 몰랐던 것을 알게 되면서 점차 관심사가 확장되었다.

때로는 내가 감당하기에 수업료가 비싼 것도 있었다. 하지만 배우는 데 쓰는 돈을 아끼고 싶지는 않았다.

어떤 것을 배운다고 하면 사람들에게 받는 질문은 '배워서 뭐하게?'였다. 그때마다 내 대답은 '해보고 싶어서' 또는 '재미있을 것 같아서'였다.

내가 원해서 하는 공부는 누가 시키지 않아도 스스로 찾아보고 열심히 하게 되는 것처럼 해야 하는 것이 아니라 하고 싶은 일은 그것에 임하는 마음가짐부터 다르다.

한때는 의미 없이 그저 시간과 돈만 축내는 것이 아닌지 혹은 여러 가지를 하기보다 한 가지를 꾸준히 해야 하지 않나 걱정했다. 하지만 요즘은 두루두루 할 줄 아는 것 또한 능력이다. 그래서 나는 나의 한 가지를 찾기 위해서 많은 돌을 던지는 것뿐이다.

그렇게 해서 하나를 건지게 되면 그 전부터 해왔던 것들과 적절히 조합해서 멋진 것을 만들어 낼 자신이 있어 괜한 걱정을 하며 기회를 놓치기보다는 할 수 있을 때 하는 편을 택했다.

이 세상 곳곳에서 집과 직장이나 학교 등을 제외하고 내가 잘 아는 곳은 얼마나 될까?

세상은 넓고 아직 내가 알지 못하는 것이 무수하다. 게다가 그곳을 혼자 구경하는 것은 재미있고 흥미진진할 것 같았다.

혼자 여행을 하면서 여행 전에 계획하지 못 한 재미난 일이 많았다. 핀란드에서는 누드 수영장에 갔고, 외국인과 사우나도 함께했다. 크로아티아에서는 반짝반짝 빛나는 아드리아 해에서 다이빙을 하고 별과 달이 뜬 밤에 수영했다. 스페인에서는 플라멩코 댄서의 땀이 보일 정도로 가까운 거리에서 공연을 감상했다. 외국인의 집에서 게스트로 묵고 외국 병원의 응급실에서 의사를 만났다. 하루종일 버스나 기차를 타서 온몸이 쑤시고 지루함의 끝을 맛보기도 했다. 폴란드에서는 비빔밥과 군만두를 먹으면서 울컥한 적도 있다.

지금 생각해 보면 대단하지 않아도 하나하나가 재미있고 소중한 추억이다. 그 경험을 떠올리면 여행하기를 잘했다는 생각이 든다.

나는 지금까지의 일을 되짚어보면서 미소 짓지만 때로는 아쉬움이 남는다.

크로아티아Croatia 자다르Zadar에서 함께 수영하자고 먼저 말을 건넨 친구 덕분에 익숙지 않은 환경에서 먼저 손 내미는 사람의 고마움을, 플라멩코 댄서를 보면서 '열정'이 고스란히 관객에게 전달됨을 알았다. 덕분에 한국에서 잠깐 배웠던 탱고가 떠올라 탱고의 고장 아르헨티나Argentina 부에노스아이레스Buenos Aires에 가서 더 배우고 싶었다.

또, 세계 각국의 사람들이 살고 여행하는 모습을 보면서 삶을 사는 데 정해진 방법이 없음을 알게 되었다. 사람들이 사는 것은 자기만의 스타일대로 사는 것이니 나와 다르게 산다고 해서 이상하다고

생각하거나 편견을 가질 필요 없다. 이것은 모두 혼자 간 여행을 통해서 알게 된 것들이다.

나에게 경험이란 씨앗과 같다. 씨앗은 뿌리자마자 싹을 틔우고 눈에 보일 만큼 쑥쑥 자라지 않지만, 시간이 흐른 뒤의 모습은 아무도 모른다.

스티브 잡스Steve Jobs가 스탠퍼드 대학교Stanford University 졸업 연설에서 말하길, 리드 대학교Read College에 다닐 때 정규과목 대신 흥미로운 서체 수

열정적인 댄서의 모습

업을 들은 것이 당시에는 그의 인생에서 실질적인 도움이 될 것 같지 않았지만 10년이 지난 뒤 첫 번째 매킨토시를 구상할 때 큰 도움이 되었다고 했다.

그가 서체 수업을 듣지 않았더라면 매킨토시의 복수서체 혹은 자동자간 맞춤 기능은 이 세상에 존재하지 않았을 수도 있다. 그만큼 자신의 마음을 따르는 경험은 훗날 빛을 낸다. 나 역시 지금까지의 경험과 생각들을 토대로 멋진 일을 할 수도 있다는 기대감으로 계속 배우고 경험하고 여행할 것이다. 혼자 여행하며 겪은 다양한 경험들은 내 인생의 귀중한 씨앗이다. 이것들을 간직하고 정성으로 키워서 꽃이 피게 하고 싶다.

4

젊을 때 사서 하는 고생

대학교 1학년 때 같은 과 언니가 '20세상 청년국토대장정'이라는 단체에서 대원 모집을 하고 있으니 함께 신청하자고 해서 얼떨결에 신청했다. 하지만 언니는 사정이 생겨 국토대장정에 가지 못하고 나 혼자 가게 되었다.

나는 당시 아르바이트하는 곳에서 휴가를 받아 서울 올림픽 공원에서 시작해서 해남 땅끝마을까지 걸어가는 540킬로미터, 19박 20일의 대장정에 참가했다. 그때 아빠에게 '국토대장정을 할 것이다'고 하니 나에게 사서 고생한다며 재미있게 잘하라고 했다. 그 말이 딱 맞았다. 무료도 아닌 국토대장정을 숨만 쉬어도 땀이 나는 데 굳이 사서 고생하겠다고 했으니 말이다.

하지만 그 계기로 체력과 정신을 단련하게 되었고, 동고동락한 팀원들과의 소중한 추억이 생겼다.

우리는 하루 대부분을 걸어서 물집이 잡히거나 뒤꿈치가 까져도 매일 정해진 거리를 걸어야 했다. 팀원들은 '임계점만 넘으면 괜찮다'고 서로를 위로하며 낙오자 없이 목적지를 향해 걸었다. 그러다 힘들면 서로 배낭을 들어주고, 덥고 지칠 때면 누군가 시작한 노래를 다 같이 불렀다. 또, 저녁마

주인 곁을 지키는 선글라스 낀 개 | 브뤼헤 , 벨기에

다 텐트를 치고 배식받은 식재료로 요리에 도전한 것, 옹기종기 모여앉아 팅팅 부은 발의 물집을 치료한 것까지 기억에 남는다.

어느 날, 대열에 맞춰 가다가 갑자기 화장실에 가고 싶어서 나 혼자 주유소에 있는 화장실에 간 적이 있었다. 볼일을 보고 나오니 광활한 고속도로에 차만 쌩쌩 내달리고 대열은 보이지 않았다. 함께 걸을 때는 몰랐는데 혼자서 고속도로 갓길로 걸으려고 하니 아찔했다. 그래서 배터리를 아끼려고 꺼둔 휴대전화를 켜서 같은 팀 스태프에게 전화를 했다.

얼마 후 '탑차'라고 부르는 큰 트럭이 나를 태우고 팀원들이 있던 곳에 내려줬다. 트럭에서 내릴 때 '잰 왜 저기서 내리지?' 라는 눈빛으로 쳐다보는 사람들의 시선에 민망했다.

9년이 지난 지금까지도 팀원들과 만나면 사람들은 그 이야기로 나를 놀리곤 한다. 국토대장정을 시작할 때는 힘들다고 생각했지만, 어려운 시기를 함께 보내며 얻은 사람, 시시콜콜한 우리들만의 에피소드, 목적지까지 무사히 도착했다는 성취감 덕분에 잊지 못할 한 해를 보냈다.

누구나 힘든 시기가 있다. 그렇게 힘든 시기를 어떻게 버텼는지도 모를 만큼 힘든 그때가 지나면 오히려 단단해진 것을 알 수 있다. 나는 이 사실을 국토대장정을 계기로 알게 되었고, 사회생활을 하면서 확실하게 배웠다.

내가 회사 다닐 때 무서운 상사 때문에 매일 힘들었던 시절을 견뎌내고 나니 이제 웬만한 일에는 덤덤해졌다. 그리고 그 무서운 상사 덕에 업무를 더 꼼꼼히 살피고 잘할 수 있게 되었다. 하지만 이런 것은 끔찍했던 그 시간이 지난 후에야 알 수 있다. 너무 힘들 때는 그저 이 시간이 하루빨리 지나가기만을 바라니까 말이다.

이 과정은 마치 근육을 단련하는 것과 같다.

처음 운동을 시작할 때에 5킬로그램을 들기 벅차지만 계속하다 보면 더 무거운 것도 들게 된다. 마찬가지로, 혼자 여행하는 일이 처음에는 순탄하지 않아도 앞으로는 힘든 일을 이겨낼 마음 근육을 단련하는 과정으로 여겼다. 그래서 늙어서 고생하기보다는 지금 고생하는 편이 잃을 것이 적고 체력도 가능한 일이라며 스스로를 다독였다. 그 근육을 키워두면 훗날 큰일도 담담히 받아들일 수 있을 것이라며.

젊을 때 고생은 사서도 한다는 말이 괜히 있진 않을 것이었다. 그만한 가치가 있기 때문에 아직 그 말이 전해지고 있는 것이다.

힘들긴 해도 훗날 남는 것이 있음을 알기에 '고생하는 여행'도 해볼 만할 것 같았다.

여행비용이 넉넉하면 돈으로 해결할 수 있는 것이 많기 때문에 고생할 기회도 적다. 하지만 나는 경비를 최대한 줄이고 싶어서 이번 기회에 '고생해보자'란 마음을 먹었다. 우연히 알게 된 사람이 내 이야기를 듣더니 '왜 그렇게 힘들게 사냐, 차라리 돈을 더 모아서 가라'고 했다. 여행에 정답은 없지만 나는 그 사람과 달랐다. 돈 없이 여행하는 것은 안 하느니만 못하단 식이었다.

당연히 여행 예산이 넉넉하면 좋다. 하지만 나는 돈이 없어서 여행을 못하는 것은 아니다.

나는 다른 데서 쓰는 돈을 아껴서 비행기 티켓 사는 데 쓴다. 비록 여행지에서 풍족하게 지낼 수 없더라도 돈이 없다는 핑계로 여행을 미루지 않는다.

게다가 나는 지금 내 나이에 맞는 여행을 하고 싶었다. 지금 내 나이에 할 수 있는 여행, 배낭을 메고 절약하는 것은 지금이 적합한 때였다.

너무 평탄해도 재미없을 것 같았다. 쉽게 얻어지는 것은 없으니 힘든 것도 이겨내야 뿌듯하고 보람차다. 편하고 넉넉하고 쉬는 여행은 나중에 마음껏 하면 된다. 그런 마음으로 다시 돈을 들여 고생을 사기로 했다.

막상 몸이 아프거나 마음이 쓸쓸할 때면 내가 왜 고생할 생각을 했을까라고 후회했다. 하지만 분명한 것은, 내가 고생을 기대한 것과 상관없이 이런 일은 충분히 누구에게나 일어날 수 있다는 점이다.

여행이 길어질수록 막바지 무렵에는 너무 평탄해서 이상할 정도였다. 별

다른 일이 없이 하루가 지나면 오히려 그런 날이 더 이상하고 폭풍전야처럼 느껴지기도 했다.

비 오던 어느 날, 조금씩 내리는 비를 맞으며 걷는데 갑자기 내가 대견하게 느껴졌다. 여행을 시작한 후로 단 한 번도 그런 생각을 한 적이 없었다. 하지만 그날 문득 참 엄청난 것을 하고 있음을 알았다. 갑자기 왜 그런 생각이 번쩍였는지는 모르겠다. 추측하건대 어느새 끝나가는 여행이 실감났기 때문이다. 혼자 여행하며 즐겁고 행복했던 순간과 힘들었던 순간이 교차했

다. 지나고 나니 모든 것은 한순간이었다. 쉽지 않은 여정이었지만 지금껏 꿋꿋하게 이겨냈기에 앞으로의 내 인생도 그럴 수 있을 것 같았다.

여행 막바지에는 뭔가 해냈다는 보람이 들어 자신감을 갖게 했다.

고생을 이겨내면 성취감과 자신감이 단단히 자리 잡는다. 국토대장정, 혼자 한 여행 모두 어려움은 있어도 포기하지 않아 그만한 대가를 얻었다.

앞으로는 지금보다 더 힘든 일이 있더라도 혼자 여행했던 그때를 떠올릴 것이다. 무슨 일이 생기더라도 훨씬 더 막막한 상황에 처하더라도 여행하며 쌓은 내공과 깡은 나를 버티게 할 것이다.

5
전환점이 필요할 때

예전에 내가 꿈꾸었던 것과 지금 내 모습은 다르다. 원래 하고 싶었던 일이 아닌 다른 일을 하고, 돈을 얼마만큼 저축하겠다고 목표를 세웠지만, 그렇지도 않았다. 하지만 지금까지 살아온 것이 크게 실망스럽거나 미운 것은 아니다. 내가 계획하고 바라는 대로 산다는 것이 쉽지 않고, 상당한 노력과 운이 따르는 것임을 알기 때문이다. 하지만 알면서도 가끔은 내가 원하는 모습이 되지 못한 것은 열과 성이 부족해서 그런가 싶었다.

유럽 여행을 계획하며 100일로 잡은 데는 이유가 있다. 이 100일간의 여행이 지금까지의 일상과 달라질 수 있는 내 인생의 전환점이 되기를 바랐기 때문이다.

누군가에게는 이 전환점이 새로운 시작을 위한 쉬어가는 단계이거나 지지부진했던 고민에 대해 결단 내리는 시기일 수도 있다. 또는, 힐링을 위한 시간이거나 즐겁고 행복하기 위해서일 수도 있다.

나는 100일간의 유럽 여행을 통해 책 한 권을 쓸 수 있을 만큼 성장하기를 바랐다.

여행을 떠나기 전까지 가장 어려웠던 것은 '가진 것을 내려놓기'였다.

살다 보면 얻고 싶은 것이 있을 때 그에 상응하는 무엇인가를 내려둬야 할 때가 있다. 당시에는 바로 그것이 회사를 그만두는 일이었는데, 아무리 생각해봐도 여행을 다녀온다고 해도 회사에 다닐 날은 몇십 년이나 될 것 같았다.

지금 결단을 내리지 못하면 점점 떠나지 못할 이유가 늘어나고 현재 누리고 있는 것이나 하고 있는 것을 놓고 떠나기에 부담되는 나이가 되고, 그러다 결혼도 할 것 같았다. 그래서 지금 아니면 안 되겠다는 생각으로 여행을 시작했지만, 여행 기간에는 인생이 바뀌는 순간이라는 특별한 느낌은 없었다.

여행을 끝내고 돌아온 뒤에도 바뀐 것은 아무것도 없었다. 하지만 책을 구상하고 글을 쓰면서 그 전환점은 순간적으로 '팡' 터지는 눈에 띄는 사건이 아님을 알았다. 글을 쓰기 위해 여행지에서 썼던 일기장을 뒤적이고 메모를 보면서 그날 어떤 일이 있었고 나는 어떤 생각을 했었는지 정리할 수 있었다.

내가 겪은 일, 내가 만난 사람들, 내가 한 것들, 내 생각과 느낌을 정리해 보았다. 그 작은 것들이 알게 모르게 내 생각과 마음가짐을 바꾸게 했다. 결국, 그것이 행동으로 이어진다면 변화가 되는 전환점이 되는 셈이다.

때때로 전환점은 눈에 쉽게 띄지 않을 수도 있지만, 분명히 여행 곳곳에 존재한다. 눈이 것들이 모여 내 삶을 바꾸는 계기가 되고, 좋은 사람들을 만나서 그들에게 영향을 받고 나 또한 그런 사람이 되고 싶은 마음이 나를 설레게 했다.

진정한 여행은 삶을 바꾼다고 한다. 그러니 현재의 나와 다른 모습을 꿈꾸거나 새로운 변화를 맞이하고 싶다면 혼자 여행을 떠나 볼 만하다. 여행하면서 자신이 되고자 하는 모습에 대해 생각할 시간도 생기고, 행여 그렇지 않더라도 혼자 여행을 한다는 쉽지 않은 결정을 내림으로써 달리기의 시작을 알리는 총소리처럼 변화의 시작점으로 삼으면 된다. 때로는 기대하지 않은 여행에서 상상 이상의 것을 얻어 오기도 하니 말이다.

6

가슴이 뛰는 일

지금까지 살면서 '내가 하고 싶어서', '내가 원해서' 시작한 것이 몇 개나 될까?

생각보다 몇 개 되지 않을 것이다. 이것을 하려고 하면 저것이 걸리고, 저것을 하려고 하면 이것이 걸리는 경우가 대부분이다. 게다가 그런 이유는 생각하면 할수록 늘어난다.

리스본의 명물인 교통수단, 트램 | 리스본, 포르투갈

내가 유럽 여행을 생각하며 떨린 적이 있었다. 초등학교 6학년 때 방학이 끝난 후 선생님이 보여주신 유럽 사진 때문이다.

그 사진을 보며 나도 언젠가 꼭 유럽에 가고 싶다는 생각이 들었다. 그때부터 지금까지 너무 오랜 시간 미뤄왔기에 이러다 떠나지 못하면 미련만 남을 것 같았다.

청량한 하늘과 건물 외벽의 조화
| 리스본, 포르투갈

때때로 머리와 마음이 다른 곳을 향한다. 그래서 마음이 향하는 곳을 따르고 싶어도 왠지 그러면 안 될 것 같은 기분이 든다. 하지만 머리가 시키는 대로 하자니 마음이 불편하고 영 내키지 않는다.

예전 회사에서 근무할 때, 차장님이 경기도에 있는 대기업 계열사를 소개해주셨다. 근무하고 있던 곳보다 월급이 많고 정규직이었다. 이 사실을 엄마에게 털어놓자 엄마는 무척 좋아하셨다.

면접을 보러 가는 날, 버스터미널에서 내려서 면접 볼 회사로 가기 위해 택시를 탔다. 갑자기 왈칵 눈물이 났다. 면접을 보기 싫었던 것은 아니었다. 하지만 이유 없는 눈물이 계속 나왔다. 그래서 면접을 볼까 말까 망설이다 여기까지 왔으니 면접이나 봐야겠다고 생각했다. 면접 결과는 합격이었고 퇴사 후 며칠 내로 회사에서 제공하는 기숙사에 머물 수 있게 준비해서 내려오라고 했다.

나는 면접에 합격했는데도 전혀 기쁘지 않았다. 지금 생각해보면 서울에서 살고 싶었는데 안성에서 살아야 한다는 점과 내가 생각했던 업무가 아니어서 그랬던 것 같다.

결국, 나는 그곳에 가지 않았다. 소개해주신 분께는 너무 죄송하지만 마음이 내키지 않는 일을 해야 하는 것은 끔찍했다. 그래서 차장님께 내가 정말 원하는 것을 하면서 살고 싶은데 그것은 아닌 것 같다고 솔직하게 말씀드렸다. 그랬더니 차장님은 누구나 처음에는 그렇게 살기를 바라지만 실제로 그렇게 살지 않는다고 했다. 차장님 주변을 봐도 내가 말한 것처럼 하고 싶은 것을 하면서 사는 사람은 드물고 현재 상황에 맞춰서 산다고 하셨다. 그 말을 듣자 살짝 안심되었다. 아직은 '그런' 사람이 되고 싶지 않았기 때문이다. 아직 젊으니까 더 좋은 기회가 있을 것이라며 스스로 다독였다. 남

손님을 기다리는 택시 | 괌, 미국

들 눈에는 이상할지는 몰라도 내 인생이니 내가 원하는 것을 해보기로 다짐했다.

내가 그때 그곳에 갔더라면 사람들이 말하는 안정적 생활을 하고 다시는 취업준비생이 되지 않아도 될 수 있었다. 그 부분도 충분히 알고 고민했지만, 결정을 바꾸지 않았다.

혼자서 여행을 가고 싶은 이유 그리고 가지 못할 이유가 많더라도 그 모든 것을 단번에 제압할 강력한 것은 '내 마음이 원해서'이다. 한 번쯤은 앞뒤 재지 않고, 이유 없고, 얻는 것 또한 없을지언정 일단 저지르는 것이다. 내 마음을 무시하고 머리대로 억지로 맞춰서 살아봤자 몸과 마음만 힘들 것 같았다. 인간적으로 괜찮은 사람이 있어서 '오늘부터 좋아해야지'라고 다짐해도 그렇게 되지 않는다. 그러니 까다로운 내 마음이 원하는 것이라는 확신이 들었다면 해봐야 하지 않을까?

엄청난 위험이 따르는 일이 아니라면 내 마음을 따르겠다는 데는 여전하다. 그것이 잘 되지 않거나 어려워도 내가 선택했기 때문에 남을 탓할 수 없이 받아들여야 한다. 아직까지 내 마음을 따른 결정을 후회한 적이 없기에 내 가슴을 뛰게 한다면 여행이 아닌 어떤 것이든 해 볼 만한 이유가 된다.

Roald Dahl's
Matilda
THE MUSICAL
RSC
CAMBRIDGE THEATRE
UNIQUE AND

Part 2

'나'를 알기

1
여행에 의미 부여하기

혼자 여행 가는 것은 여러 이유에서 쉬운 결정은 아니다. 학교나 회사에 다닌다면 여행 기간만큼 업무와 멀어지거나 공부 시간이 줄어들어 여행을 다녀온 후 다른 사람보다 뒤쳐지는 것이 아닐까 하는 불안감도 있다. 또는 회사를 그만두고 떠나려고 한다면 '다녀와서는 무엇을 해야 할까?', '돈이 모자랄 텐데 어떡해야 먹고 살 수 있을까?' 라는 현실적인 생각이 든다. 자꾸 이런 생각을 하면 지금은 때가 아닌 것 같아 결국 여행을 미루게 된다.

사람마다 여행을 떠나고 싶은 이유가 있다. 하지만 여행을 선택하면 무언가를 잃거나 포기해야 하는 것이 여행을 떠나기 어렵게 발목을 잡는다. 괜한 미련 때문에 머릿속을 복잡하게 만들기보단 '아쉽지만 괜찮다'는 확신을 가진 채 여행길에 오르면 좋겠다.

해질 무렵까지 페인트칠 하는 아저씨
| 브뤼셀, 벨기에

나도 여행을 결정하고서는 잠시 마음이 흔들린 적이 있었다. 퇴

한적한 점심시간에 옹기종기 모인 사람들 | 겐트, 벨기에

사를 밝히고 후임자가 구해지지 않아 예상보다 한 달 정도 더 근무하게 되면서 지금이라도 다시 다니겠다고 말해야 할까 고민했었다.

현실적으로 생각한다면 그 당시에 가지고 있던 돈에 대출을 받아서 월세방에서 벗어나고 싶었다. 계속 회사에 다닌다면 가능한 일이었다. '딱 1년만 더 일하고 그때 여행갈까?' 하는 생각이 가라앉지 않았다. 그럼에도 불구하고 떠나겠다고 결정할 수 있었던 이유는, 이번 여행이 단순히 놀고먹고 구경하는 것이 아니라는 확신이 들었기 때문이다.

100일 동안 유럽에 가는 여행은 나만의 특별한 '의미'가 있었다. 이번 여행을 계기로 책을 쓰고 싶었기 때문이다. 그간 꽤 여러 나라를 여행하고, 살아보기도 했으니 책을 쓰는 것이 가능할 것 같았다. 이렇게 생각하자 다른 것들은 제쳐두고 여행을 가야만 하는 이유가 분명해졌다. 내 꿈 중의 하나를 이룰 수 있으니 말이다.

유럽으로 가기 위해 경유지인 베이징Beijing행 비행기에서 수첩을 꺼낸 그때부터 여행 막바지까지 책에 대한 고민을 하지 않은 날이 없었다. 나름대로 편안하고 안정적인 현실을 포기하고 떠나는 것이니 헛된 여행을 하지 않겠다는 다짐을 했기 때문이다. 또, 3개월이 넘는 시간과 모아둔 돈을 쓰니 반드시 여행의 의미를 실현하겠다는 긍정적인 보상 심리 효과도 있었다.

그 덕에 나는 내 꿈을 이룰 수 있었다. 부모님께 절대로 이 여행이 노는 것이 아니라고 했다. 여행 가서 쓴 돈도 회수할 수 있다고 큰소리를 쳤다. 진짜 돈으로 돌려받는 것뿐만 아니라, 여행에서 얻는 경험과 배움은 앞으로 살아가는 데 돈보다 더 큰 가치가 있음을 믿어 의심치 않았기 때문이다.

반드시 혼자 여행을 가고 싶은 이유가 있어야 하는 것은 아니다. 맛있는 것을 왕창 먹고 싶다거나 정말 유명한 관광지를 찾아가고 싶다거나 또는 상상을 초월하는 그 어떤 것이라도 여행의 의미가 될 수 있다.

벨기에Belgium에서 우연히 알게 된 KASK & Conservatorium School of Arts Gent라는 예술 학교가 있다. 처음에는 학교인 줄 모르고 큰 건물이 여러 개 있어 무작정 들어가 봤다. 그런데 막상 들어가 보니 곳곳에 학교 행사를 알리는 포스터가 붙어 있어서 학교라는 것을 알게 되었다.

수업이 끝나서인지 학교는 한산했다. 산책할 겸 학교를 둘러보다 작은 정원과 사과나무 그리고 벤치를 발견했다. 사과에는 알파벳 스티커가 붙어 있었다.

처음에는 이걸 왜 붙여놨나 싶었는데, 이름 있는 것이 있는가 하면 없는

저 학생은 학교 앞에 세운 자전거를 타러 나오는 걸까? | 겐트, 벨기에

알파벳 스티커를 붙인 사과

것도 있었다.

사과들은 크기와 모양, 색깔이 비슷했는데 이름 있는 사과가 더 특별하게 느껴졌다. 사과의 차이라고는 이름이 있고 없고의 차이뿐이었다.

나는 이름 있는 사과를 보며 문득 혼자 가는 여행에 의미를 부여하는 것은 사과에 이름을 붙여주는 것과 비슷하다는 생각이 들었다.

혼자서 여행을 가는 사람은 세계 곳곳에 많겠지만 자기 여행에 이름을 지어주는 사람은 많지 않을 것이다.

흔히 이름에는 담긴 뜻이 있는 것처럼 내 여행에도 의미가 있다. 똑같은 일을 하더라도 그 일을 '왜'하는지 아는 사람과 그렇지 않은 사람은 차이가 있다. 여행의 의미를 잊지 않는 사람은 '왜' 여행하는지 알고 있으니 아무 생각 없이 하는 것보다 자신이 원했던 여행에 더 가까워진다. 그래서 혼자 가는 여행에 의미를 부여하는 작업은 떠나겠다는 의지를 확고하게 하면서 만족스러운 여행을 할 수 있게 하는 중요한 단계이다.

2
실패와 어려움 각오하기

혼자 떠나는 여행을 떠올려보면 어떤 생각이 들까? 자유롭고 여유롭게 혼자만의 시간을 즐기는 모습이 떠올 수도 있지만, 반대로 우왕좌왕할 것 같아서 걱정될 수도 있다.

실제로는 두 가지 면이 공존한다. 혼자 하는 여행은 자유롭고 즐거움이 존재하지만, 반대로 우울하거나 힘들 때도 있다. 물가 높은 곳을 여행한다면 먹고 싶은 음식을 맘껏 먹지 못할 수 있고, 주변 환경이 열악한 곳이라면 씻고 자는 데 불편함이 따른다. 하지만 두 가지 면을 생각하지 못하고 마냥 좋은 것만 기대했다간 난처한 상황에 처했을 때 크게 당황할 수 있다. 그래서 여행을 가기 전에는 내가 가려는 곳이 어떤 곳인지 알고 가는 것이 좋다.

나는 유럽을 가기 전에 가장 걱정했던 부분이 소매치기였다. 그래서 유럽 여행 관련 커뮤니티에서 소매치기 수법과 소매치기 당한 사람들의 모조리 검색해봤다.

유럽 곳곳에서 다양한 수법의 소매치기가 성행하고 있어 어느 지역을 조심해야 하고, 어떤 행동하는 사람을 멀리해야 한다는 글을 모조리 저장

해줬다.

하지만 다른 사람이 겪은 일이 반드시 나에게 생길 것이라는 보장은 없다. 그래도 내가 아닌 여행자들에게 어떤 일이 일어나고 있는지 알 필요는 있다. 그래야 비슷한 상황에 처했을 때 어떻게 행동해야 하는지를 알 수 있기 때문이었다.

여행지에서는 사전에 철저하게 세운 계획과 상관없이 실제로는 언제, 어떻게, 무슨 상황이 전개될지 아무도 알 수 없다. 계획대로 착착 진행될 수 있고 날씨나 계절, 현지 상황에 따라 준비한 계획은 단순히 계획에서 끝나기도 한다. 예상했던 교통편을 놓치거나 여행지에서 먹은 음식 때문에 배탈이 나는 일, 소매치기를 당하는 일 따위는 계획에 없을 것이다. 하지만 여행을 하면서 충분히 일어날 수 있는 일이다. 그것은 나뿐만이 아니라 여행자라면 누구나 그렇다.

『성공의 법칙』을 쓴 나폴리언 힐Napoleon Hill은 모든 역경과 모든 실패, 모든 시련은 그만큼 혹은 그보다 더 큰 결실의 씨앗을 가지고 있다고 했다.

실패를 예상하자. 때로는 골치 아프고 복잡한 상황이 생길 수 있고, 마음 졸이는 때도 있을 것이다. 그런 것들이 있기 때문에 여행이다. 더군다나 혼자서 그 모든 상황을 이겨낸다면 그 뿌듯함과 보람 또한 나만의 것이다. 그렇다고 혼자 하는 여행을 두려워할 필요는 없다. 막상 떠나보면 생각보다 별것 아니고 쉬울지도 모른다.

걱정하고 우려하지만 실제로는 별것 아니었던 경험은 누구나 있을 것이

다. 역경과 어려움을 예상한다는 것은 '내가 생각했던 여행이 아니야. 여행이 이렇게 힘든 거였어?' 라며 그만둘 변명의 여지를 없애주는데 탁월한 효과가 있을 것이다.

3
'나'를 믿기

동행자 없이 혼자인 여행자는 여행 처음부터 끝까지 자기가 계획하고 행동하며 문제를 해결해야 한다. 스스로 여러 역할을 동시에 수행하기란 쉬운 일이 아니어서 그런 부담감 때문에 혼자 가는 것을 꺼릴 수도 있다.

나는 한번쯤 혼자서 여행을 떠나고 싶어 하는 친구들에게 꼭 한번 가보라고 추천한다.

경험이 없기 때문에 두려운 것은 뭐든 마찬가지다. 태어나 지금까지 살면서 해본 것들 중에 처음이 아닌 것은 없었다.

지금까지 잘 해왔으니 여행도 가능한 일이다. 단지, 외국에서 여행이라는 단어 때문에 더 어렵게 느껴질 뿐이지, 지금까지 해왔던 것들과 크게 다를 바가 없다.

고등학생 시절, 체육 시간에 뜀틀을 한 적이 있다. 반 친구 모두 뜀틀을 뛰어넘는데, 통과한 친구는 다시 줄을 서고 그렇지 못하면 자기 자리에 앉았다.

7단계, 8단계가 가면서 뜀틀은 점점 더 높아졌고, 뒤에 줄 서는 친구도

루마니아 티미쇼아라행 열차 티켓 | 부다페스트, 헝가리

적었다.

어느새 내 차례가 되었다. 친구들이 뜀틀 넘는 것을 보니 너무 높아서 뛰어넘다가 걸릴 것 같았다. 그런 생각을 하다보니 어느새 내 차례가 되었다.

구름판을 향해 달려가다가 안 될 것 같아서 다시 출발선으로 돌아왔다. 뛰어넘고 싶은데 걱정이 많았다. '뜀틀이 흐트러지면 어떡하지?', '엉덩방아를 찧으면 어떡하지?' 등이었다. 하지만 그 뜀틀을 뛰어넘고 싶었다.

망설이며 다시 출발선으로 돌아온 후 마음을 가다듬고 '나는 할 수 있다!'고 마음속으로 되뇌었고, 결국 무사히 뜀틀을 넘었다. 나를 믿어서 생긴 변화였다.

아직도 그때 기억이 생생하다. 처음으로 그렇게 강하게 '나는 할 수 있다'고, '뛰어넘을 수 있다'고 믿었다. 내가 할 수 있다고 믿으니까 못할 것만 같은 것이 가능해졌다.

가뿐히 뜀틀을 뛰어넘던 그 순간의 희열을 잊지 못한다. 높게만 여겨졌던 뜀틀을 넘은 것처럼 혼자 가는 여행도 하나의 단계로 생각하면 쉽다.

지금까지는 패키지여행이나 친구나 누군가와 함께 하는 여행을 해왔다면 다음 단계는 혼자 가보는 것이다. 이전의 여행보다 조금은 어렵고 힘들지는 몰라도 해냈을 때의 성취감은 높은 뜀틀을 뛰어넘은 기분일 것이다.

나를 믿는 것이 어렵게 느껴진다면, 과거 자신을 믿어 성공했던 기억을 떠올려보자.

사소하고 작은 일이어도 좋다. 나처럼 뜀틀을 뛰어넘은 일이나 사람들 앞에서 발표했던 일 등 무엇이든 상관없다. 곰곰이 생각해보면 누구든 한 번은 있을 것이다. 그러다 보면 그 대단한 일을 해낸 사람이 바로 자신임을 알게 된다.

자신을 믿는다고 해서 모든 일이 다 성공하는 것은 아니지만, 자기가 실패할 거라고 생각하면 성공하는 경우도 드물다. 게다가 자신을 믿지 못하면 다른 사람에게도 신뢰를 얻기가 힘들다. 내가 고객이고 은행에 돈을 맡기려고 하는데 직원의 말과 행동이 불안해 보인다면 어떻게 돈을 흔쾌히 맡길 수 있을까?

한적한 주말 풍경. 아주머니는 신문을 사고 있는 걸까? | 바르샤바, 폴란드

루마니아Romania를 출발해서 세르비아Serbia 베오그라드Beograd로 가던 날, 현지 시각으로 맞춰놓지 않아서 기차가 출발하고 1시간 뒤에서야 기차를 타러 갔다. 창구에서 내 시계를 보여주니 직원은 자기 시계를 보여줬다.

정확히 1시간 차이.

나는 베오그라드로 가는 하루 3대의 기차 중 1대를 놓치고 다음 기차가 올 때까지 장장 8시간 넘게 기다려야 했다.

제대로 시간 조차 확인하지 않은 내가 너무 바보 같고 한심했다. 게다가 정체불명의 벌레 때문에 온몸이 가렵고 아파서 컨디션도 좋지 않았다. 서러

동글동글한 아이스크림과 관람차가 동화의 한 장면 같다. | 부다페스트, 헝가리

움이 폭발해 역 바닥에 주저앉아서 배낭을 끌어안고 울었다. 평소였다면 어차피 일이 어그러진 김에 구경이나 더 하려고 했겠지만, 그때는 그럴 기운도 의욕도 없었다. 정말 신기한 경험이었다.

바닥에 뚝뚝 떨어지는 내 눈물을 보면서도 나는 분명히 알고 있었다. 잠깐 앉은 것일 뿐 곧 다시 일어나게 될 것을 말이다. 더 당황스럽고 힘든 일이 생기더라도 이겨낼 수 있다는 다짐이 필요 없이 너무나도 당연하게 느껴졌다.

8시간 넘게 기다린 후 겨우 베오그라드로 가는 기차를 탈 수 있었다.

내가 울고 있으면서도 난 다시 일어날 거란 확신이 들었던 게 아직도 신기하다.

혼자 긴 여행을 하면서 나에 대한 믿음이 자연스레 쌓인 것 같다.

He can do. She can do. Why not me?

그도 하고 그녀도 하는데 왜 나라고 못해?

자신의 잠재력과 가능성을 가볍게 여기면 안 된다. 혼자 여행을 떠나기 전에 나를 믿는 것. 나쁜 상황이나 힘든 일이 있더라도 이겨낼 수 있다는 확신이야말로 여행 전에 반드시 챙겨야 할 것이다.

4
내 여행 스타일 파악하기

자기 여행 스타일을 알고 있다면 여행지를 정할 때는 물론이고, 여행 계획을 세울 때도 유용하다. 그래서 소중한 여행 기회를 허투루 쓰지 않고 쇼핑이면 쇼핑, 관광이면 관광, 휴식이면 휴식에 알맞은 여행지를 고를 수 있다.

사전에 계획을 세우는 스타일이라면 자기 관심사에 부합하거나 평소 가보고 싶었던 곳을 미리 정할 수도 있다. 그러므로 여행하며 불필요한 시간을 줄이고 자기가 원하는 방향으로 집중할 수 있다.

내 여행 스타일이 떠오르지 않는다면 이전에 다녀왔던 여행을 떠올려 보자. 만약, 여행 경험이 없다면 평소 라이프스타일을 생각해보는 것도 하나의 방법이다.

평소에 걷기를 싫어한다거나 더위에 약한 편이라면 날씨를 고려해서 여행지를 선택하고, 사전에 교통수단을 파악해서 여행 중에 최대한 걷지 않는 코스를 짠다. 대신, 교통수단이 잘 발달한 곳을 선택한다.

한국에서도 맛집이나 핫플레이스 탐방하는 것을 즐긴다면 여행지 선택에서도 자연경관이 뛰어난 곳보단 식도락 여행처럼 먹고 즐길 거리가 많은 곳을 가는 것이 좋다.

이렇게 자기의 평소 생활을 살펴보면, 여행 국가와 도시를 선택하는 데 도움이 되고 숙소 선정, 교통편, 계획이나 사소한 선택의 순간에도 기준이 된다.

사람마다 중요하게 여기는 것이 다르니 여행 전에 어떤 것을 중점으로 할지 생각해보는 것이 좋다.

혼자 가서 좋은 점은 바로 동행자와 맞지 않는 여행 스타일을 억지로 맞출 필요가 없다는 점이다.

아침형 인간과 올빼미형 인간의 수면 시간대와 생활 패턴이 다른 것처럼 여행도 각자의 스타일이 있는데, 이것이 맞지 않으면 함께 여행할 때 많은 부분을 양보하고 맞춰야 한다. 그것을 계기로 더욱 친해질 수도 있지만, 친한 친구끼리 여행을 다녀온 뒤에 다시 안 보는 경우도 있다. 그럴 경우에는 여행이 좋지 않은 기억으로 남을 수도 있다.

어떤 사람은 여행지에 도착해서 한국에 돌아오기 전까지 가야 할 곳과 이동 수단 및 방법 등을 사전에 알아두고 그대로 하기도 한다.

혼자 가는 여행일 경우는 아무래도 동행자가 있을 때보다는 스스로가 더 준비를 하고 계획하는 편에 가까운 것 같다.

자기 여행 스타일에 따라 어느 곳을 여행하건 맛집을 가는 것이 최우선일 수도 있고, 잠자리에 예민한 편이라면 방음이 잘 되고 안락한 개인실을 원할 것이다. 그 외에도 청결도, 쇼핑, 안전, 위치, 구경거리, 전망 등도 있다.

RSC
Matilda
Roald Dahl's
Matilda
THE MUSICAL
BOOK
DENNIS KELLY
MUSIC & LYRICS
TIM MINCHIN
RSC
CAMBRIDGE THEATRE
'UNIQUE AND
BEST MUSICAL
'INGENIOUS'
'STONKING'

하지만 여행을 하다 보면 처음에 생각했던 것과 다를 수도 있다.

나만 해도 그렇다. 나는 유럽 여행을 가기 전에 '숙박'은 중요하게 생각하지 않았다. 저렴하고 깨끗하면 어디든 괜찮아서 나에게는 '가격'이 가장 중요한 요소였다. 그래서 열심히 인터넷을 뒤져 여행 초반 약 2주 치만 숙소를 예약해뒀다. 그렇게 최저가이면서 시내에 있는 곳을 예약했다. 하지만 여행을 하다 보니 숙소 선택의 기준이 변했다.

무거운 배낭을 메고 다녀야 하는데 숙소가 버스정류장이나 기차역에서 먼 곳에 있으면 걸어가느라 힘을 다 썼고, 땡볕에 배낭을 메고 걸어서 1시간이나 되는 거리를 걸어간 적도 있다.

그런 날은 숙소에 도착하자마자 피곤해서 아무것도 할 수 없었다. 교통수단을 이용해도 되지만 그 비용마저 아끼고 싶었기에 터미널이나 기차에 도착해서 숙소까지 가는데 다른 대중교통을 이용한 적이 손에 꼽는다.

여행 초반에는 저렴한 호스텔에서 지내다가 점차 숙소의 위치가 중요해졌다. 비용을 조금 더 내더라도 시내와 가까운 곳을 고르다 보니 숙소 비용이 초반보다 늘었다. 대신, 교통비를 더 절약하기로 했다. 그래서 다른 나라로 이동할 때마다 가장 저렴한 티켓을 골랐다. 그렇게 저렴한 티켓을 사면 주로 새벽 일찍 혹은 밤늦게 도착하는 스케줄이었다. 그럴 때마다 바로 숙소로 이동하기 위해 숙소를 예약하기 전에 기차역/버스터미널의 위치와 숙소의 거리가 도보로 몇 분 걸리는지 확인했다. 가까울수록 그곳에서 다시 다른 곳으로 이동할 때도 추가로 교통비를 들이지 않고 역으로 향할 수 있으니 말이다.

조식 포함의 중요성도 여행다니다 알게 되었다.

몇 유로 차이기는 했지만, 제때 식사를 하지 못했던 나에게는 아침마다 맛볼 수 있는 시리얼과 우유, 빵, 야채, 과일 등은 긴 여행을 버티게 하는 힘이 되었다. 그래서 여행 중반부터는 식비 절약을 위해 숙박비의 차이가 많이 나지 않는 한 조식을 제공하는 곳을 예약했다.

이렇게 여행하는 시간이 길어질수록 점점 숙소를 정하는 기준이 변해가는 것도 재미있었다.

20인실이었던 호주 시드니의 호스텔. 바닥에 여행자들의 온갖 짐이 널려있어서 조심히 걸어야 했다.

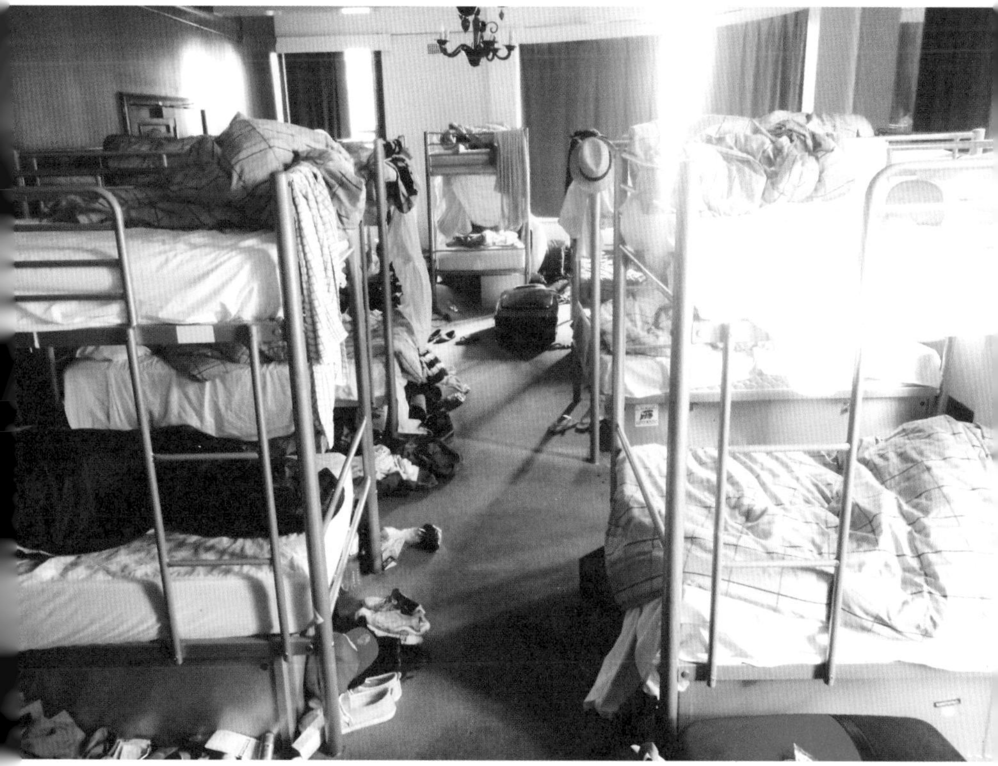

때로는 저렴하지 않은 숙소에 머물러도 벌레에 물려서 피부가 뒤집히고, 누군가가 오랫동안 덮어서 숨이 푹 죽은 이불을 덮은 적도 있었다.

반대로, 저렴한 가격에 위치도 좋고 모든 면이 만족스러웠던 곳도 있다. 주로 인터넷으로 예약하느라 사람들의 후기를 읽으며 숙소 위치와 평가를 꼼꼼히 살피긴 했지만, 내가 어떤 방이 걸릴지는 사실 가보기 전까지는 모른다.

영화 〈비브르 사 비Vivre Sa Vie〉에서 여행은 '내가 아닌 내가 자꾸 튀어나와서 당황스러울 때도 있지만, 그마저도 잊힐 만큼 취해서 그런 나를 마음껏 즐기다 오는 것'이라고 했다. 여행 전에 온갖 것을 고민하고 내 스타일을 알고 있다고 해도 막상 여행 가서는 어떻게 바뀔지 알 수 없지만 떠나기 전에 생각해볼 만하다.

5
필수 정보 파악하기

혼자 하는 여행일수록 많은 정보를 알고 있어야 한다는 부담감이 더 크다. 그래야만 일정에 차질 없이 예정대로 진행할 수 있을 것 같아서이다. 하지만 어떤 이유에서든 다양한 정보를 알고 있는 것은 도움이 된다.

100일이나 되는 기간에 숙소를 정하고 일정 짜는 일은 보통 일이 아니었다. 결국, 전체 계획과 세부 일정 등을 정하지 않고 어느 나라를 갈 것인지 대충 교통편 정도만 정하고 떠났다. 꼼꼼하게 일정을 정하지 않아 숙소나 가고 싶은 곳을 유동적으로 조정할 수 있어서 좋았지만, 사전에 여행지에 대해 정확하게 파악하지 못해서 큰일 날뻔한 적도 있다.

나는 원래 여행 전에 꼼꼼하게 챙기는 편이 아니어서 '가서 하면 되겠지', '가는 길에 알아봐야지' 라고 생각하다 출국 거절을 당했다. 체크인 카운터에서 왕복 e-티켓을 보여주며 항공권을 발권받으려는데, 직원이 귀국 날짜가 출발일 기준으로 90일이 넘는다며 출국할 수 없다고 했다.

나는 '90일 무비자'에 대해서 알고 있었다. 내 유럽 여행의 마지막 국가는 영국이었고, 영국United Kingdom은 자체적으로 한국인 여행자에게 90일

기내식으로 나온 샌드위치를 먹으려던 찰나,
가이드북에서 비자에 대해 설명하는 부분을 읽었다.

무비자를 허용한다. 그 전까지는 솅겐협정(Schengen agreement · EU 회원국을 중심으로 최초 입국한 날부터 180일 안에 최장 90일간 무비자 여행이 가능함)에 해당하는 나라에서 90일을 머문 후 영국으로 가려는 계획에 차질이 생겼다.

직원은 항공사에 책임이 없고, 모든 것이 나의 책임이라는 내용의 서약서를 내밀었다.

갑자기 머리가 복잡해지고 혼란스러웠다. 지금껏 내가 무엇을 알아보고 계획을 세운 건가 싶었지만 일단 이름, 주소, 연락처 등을 쓰고 사인을 했다.

어떻게 해야 하나 갈팡질팡한 상태에서 휴대전화로 '유럽연합'을 검색했다. 현재는 영국이 유럽연합에서 탈퇴했지만, 내가 여행 갔던 때에는 영국이 유럽연합에 포함되어 있었다.

'아직은 유럽연합에 속해있구나.' 라는 생각과 이대로라면 일단 유럽에 가기 위한 경유지인 중국 베이징에 도착하더라도 독일행 비행기에 타지 못하거나 독일에서 입국 거절이 될까 봐 불안했다. 그래서 그때부터 항공권을 예매한 ebookers에 전화를 걸어서 출발일 기준으로 90일째

되는 날에 돌아오는 항공권으로 변경하려고 했다.

통화 대기가 길어져서 한참을 기다렸다. 전화를 받는 사람은 인도인 특유의 악센트가 섞인 영어로 말해 한 번에 알아듣기가 어려웠다. 겨우 항공권 날짜를 변경하고 수수료로 230파운드를 냈다. 그때는 파운드가 유로보다 비싸다는 것도 몰랐다.

비행기가 뜨기 직전에야 겨우 통화를 끝낼 수 있었는데, 변경한 티켓은 직원이 메일로 보내주기로 했다.

내 계획은 중국 베이징 공항에 도착하면 바로 변경한 항공권을 인쇄해서 입·출국할 때 보여주려고 했다. 하지만 베이징 공항 내 인쇄할 수 있는 곳이 없어서 부랴부랴 독일 프랑크푸르트행 비행기에 탑승했다.

정신없이 탄 비행기가 이륙한 뒤에야 챙겨온 가이드북을 꺼내 '비자' 부분을 읽다 '솅겐협정'과 '유럽연합'은 다르다는 것을 알았다.

영국은 유럽연합에 속해도 솅겐협정 가입국이 아니어서 솅겐협정국에서 90일을 체류한 후에 영국에서 관광을 목적으로 무비자로 90일까지 머물 수 있었다.

나는 한국으로 돌아오기 전에 10일간 영국에 있을 예정이었다. 여행을 계획할 때 이 점을 분명히 인지하고 비자가 문제 되지 않게 항공권을 예매했지만, '솅겐협정'과 '유럽연합'의 차이를 확실히 알지 못했다. 또, 직원이 강경한 태도에 당황해서 큰 실수를 했다.

게다가 더 충격적인 것은 9월 28일로 변경해야 하는데 8월 28일로 한 것이다. 정신이 없고 마음이 급하니까 모든 것이 실수투성이에 또 티켓 변경 수수료를 내야 하는 상황이 되었다.

엄청난 일을 겪고 나니 어느 나라를 여행하든 간에 여권이나 비자 문제는 입·출국을 아예 할 수 없게 될 수도 있다는 것을 깨달았다. 그러니 그런 일을 피하려면 비자나 여권 문제에 대해서는 완벽하게 숙지하고 떠나야 한다.

여행지의 날씨, 교통, 관광지를 아는 것보다 가장 중요한 것은 '안전'이다. 여기에는 늦은 시간에 공항이나 기차역에 도착할 경우 숙소로 이동할 방법과 대략적인 비용, 운행 시간, 숙소 체크인/아웃, 숙소 운영 시간 등이 속한다.

그 일만 있었던 것은 아니다. 체코Czech 프라하Praha의 한인 민박에서 만난 친구와 동행해서 즐거운 시간을 보내고 야간버스를 타는 날이었다.

폴란드Poland 바르샤바Warsaw로 향하는 버스가 갑자기 멈추더니 여권을 준비하라는 안내방송이 나왔다. 자다가 깜짝 놀란 나는 여권을 꺼내면서 불안했다. '폴란드도 솅겐협정 국가가 맞을 텐데 왜 갑자기 여권을 준비하라는 걸까? 내가 또 잘못 알았나? 폴란드에 가려면 비자를 받아야 하는 걸까?' 하는 생각에 처음 유럽으로 가던 그날이 떠올라 머리가 지끈지끈했다.

나는 다행히 아무 일 없이 넘어갔지만, 어떤 남자는 여권을 보여줬어도 차에서 내리라는 경찰의 말에 짐을 챙겨서 버스에서 내린 후 돌아오지 않았다.

몇 번의 경험으로 '비자'와 관련된 정보를 내가 정확히 알고 있지 않았음

체코 프라하 한인 민박에서 야경투어를 하면서 봤던 바츨라프 광장

을 알게 되었다. 다른 것들은 몰라도 크게 상관이 없지만, 이 경우는 불법체류자가 될 수도 있는 위험한 상황이었다.

그 일을 겪은 종이에 칸을 그려 달력을 만들었다. 내가 유럽에 입국 및 출국 날까지 머문 날짜를 입·출국 도장을 바탕으로 하루씩 계산해서 칸마다 1, 2, 3, 4 등 날짜를 적었다. 또, 만약을 대비해서 각 나라의 숙박 확인증과 영수증 등도 몇 장씩 챙겼다.

여행지마다 축제를 하거나 특별한 행사를 할 때가 있다. 그 시기에 반드시 할 것이 있다면 그때가 언제인지, 어디서 하는지, 언제까지 하는지도 확인해야 한다.

나는 비엔나Vienna 연주자들의 휴가 기간에 공연을 보겠다며 그곳에 간 적도 있다. 휴가 기간인 줄 알았더라면 일정을 변경했을 것이다. 다행히 같은 방의 동생이 시청사에서 저녁마다 하는 '필름 페스티벌'을 알려줘서 연주회 대신 필름 페스티벌을 볼 수 있었다.

여행을 가기 전에 여행지에 관련된 모든 정보를 파악하기란 어렵다. 알고 있다고 해도 최신 정보가 아니거나 내가 아는 정보가 바뀌었을 수도 있다. 그런 일은 종종 생기므로 현재 여행을 하는 사람이나 현지에서 정보를 구하는 것도 좋은 방법이다.

6

여행에 다가서기

아무리 혼자 가는 여행을 당장 가고 싶고 필요하다고 느낀다 해도 가장 중요한 하나가 있어야 한다. 바로 '실천'이다.

여행할 곳을 정하거나 갈 곳에 대해 정보를 오랫동안 모으더라도 떠나지 않으면 그저 계획에 그칠 뿐이다.

여행은 머리가 아니라 몸으로 하는 것이다. 아무리 여행에 대한 책을 많이 읽었다 해도 내가 직접 가보지 않으면 그곳에 대해 알 수 없다.

성 아우구스티누스Augustinus는 '세계는 한 권의 책이다. 여행하지 않는 사람은 그 책의 한 페이지만 읽는 것과 같다.'고 했다.

어떤 책이든 처음 보면 새롭다. 또, 내가 알지 못했던 내용이 담겨있어 재미있고 신선하다. 그러니 책을 읽으면서 새롭게 알게 되는 정보와 흥미진진한 스토리도 있다.

책을 읽는 간접 경험에서 나아가서 직접 경험하는 것이 바로 '여행'이다. 그러니 이 책을 읽으면서 언젠가 가봐야겠다고 생각만으로 끝내기보다는 여행을 떠나기 위한 '진짜' 준비를 시작하면 좋겠다.

흔히 '여행 준비'라고 한다면, 여행 갈 곳을 정하고 그곳에 대한 정보를 찾아볼 것이다. 이렇게 정보를 찾다 보면 진짜 여행 준비가 시작된 듯 기분이 든다.

단순한 호기심에 책을 읽기 시작했다고 하더라도 흥미가 느껴진다면 직접 해봐야 한다. 직접 여행을 떠나면 이 책에 있는 내용과 반대되는 경험을 할 수 있고, 다른 생각을 얻어 올 수도 있다.

정말 떠나기 위해서 2박 3일이든 주말 혹은 연휴를 활용해서 여행 갈 시기를 비워둔다. 여행 갈 시기를 잡은 후 이 시기가 다가오면, 그때에는 아무런 약속을 잡지 않는다.

아무 약속을 잡지 않는 것이 사소한 일 같아도 여행에 한발짝 다가가는 단계다. 천천히, 느리더라도 여행 갈 준비를 멈추지 않는다면 언젠가 분명히 비행기를 타고 날아가는 날이 올 것이다. 그마저도 하지 않는다면 혼자 하는 여행이 언제가 될지 아무도 모른다.

여행은 계획에서 실천이 될 때 비로소 성립되는 것이며, 숱하게 계획을 세워도 실제로 무엇을 보고 겪게 되는지는 계획 밖의 일임을 잊지 말자.

내가 혼자 가는 여행을 준비했던 시기가 있다. 이미 짧은 여행을 몇 번 다녀온 후의 일이다. 그때는 왜 매번 그런 일이 있었는지 이상했지만 지금 생각해보면 아마 혼자 가는 여행을 할 운명이었던 것 같다.

뉴질랜드에서 워킹홀리데이를 하며 호주에 놀러 갔던 그때 처음 혼자 1박을 했다. 그 이후에 타이완과 필리핀은 친구와 함께 갔어도 일정 중에 하루나 이틀은 따로 다녔다. 따로 다니다 보니 누군가와 함께 여행을 하는 것만큼이나 혼자 시간을 보내고 여행하는 것이 할만한 것임을 알았다. 그렇게 조금씩 혼자만의 여행이 두렵지 않았다. 그런 과정이 있었기에 긴 여행도 할 수 있었다.

혼자 가는 여행이 처음이라면 먼 곳을 오래 여행하는 것보다 가까운 곳을 짧게 다녀오는 것을 추천한다. 아니면 나처럼 누군가와 함께 가는 여행에 하루 먼저 혹은 하루 늦게 돌아오는 방법이 좋다. 살짝 맛보는 정도로 시작하면 혼자서도 할 만한 일인지 그렇지 않은지를 알게 될 것이다.

책을 읽고 직접 경험해보기를 진심으로 바라지만 정말 갈 수 없는 상황일

호주 멜버른의 아이콘, 플린더스 스테이션 앞에서

수도 있다. 마음이 내킬 때, 지금 할 수 있을 것 같은 때에 가도 된다.

억지로 해서 좋을 것은 없다. 하지만 지금 당장 저렴한 비행기 티켓을 산다면 그 날짜에 떠날 확률이 가만히 있는 지금보다 높을 것이다.

'지금'이 아니어도 다른 방법으로 여행을 천천히 준비해도 좋다. 그럴 때는 여행을 가기 전의 설렘을 느껴보자. 여행 자체도 좋지만, 여행 가기 전의 두근거림은 여행을 더 기대하게 한다. 가고 싶었던 곳을 가고, 면세점에서 원하는 것을 사고, 꼭 해보고 싶었던 것을 하기 전의 시간은 기분 좋은 기다림이다.

처음으로 혼자 여행했던 시드니에서 커피와 프레젤을 주문했다. | 시드니, 호주

그러나 항상 여행이 들뜬 기분만 주는 것은 아니다. 때로는 내가 가장 겁이 나는 상황은 어떤 것인가를 생각해보고 준비하는 것도 좋다. 예를 들면, 말이 통하지 않을 때를 대비해 여행용 회화책을 준비하거나 유료 애플리케이션을 준비하고, 가볍게 읽을 책이나 영화 등을 준비하거나 자신만의 취미거리를 챙겨가는 것도 하나의 방법이 될 수 있다.

하지만 테러는 내가 조심해도 언제 벌어질지 모르는 일이다. 그 위험은 세계 곳곳에 있기 때문에 어디가 무조건 안전하다 혹은 그렇지 않다고 할 수 없다. 그러니 어디를 가든 늘 주위를 살피고, 밤늦게 돌아다니지 않거나 위험한 곳에는 가지 않는 기본적인 안전 수칙을 잊지 말아야 한다. 그렇게 하나씩 찬찬히 따져보면 생각보다 두려움은 작고 사소한 것일 수도 있다.

Part 3

혼자 하는 여행의 재미

1
용기내기

특별한 곳이라고 기억하는 곳이 있다. 바로 크로아티아의 자다르이다. 자다르에는 파도의 세기와 높이 그리고 '바다오르간'이 있다. 나는 다른 도시보다 이곳이 더 한적하고 편안한 분위기가 들어 좋았다.

이곳이 나에게 특별한 이유는 평소에 해보고 싶었지만 하지 못했던 것을 경험하게 해주었기 때문이다.

자다르에 도착하자마자 내리쬐는 햇볕을 받으며 부랴부랴 호스텔을 찾아 이동했다.

크로아티아에서 마주한 자다르는 마치 제주도 같았다.

내가 예약한 호스텔은 일반적인 호스텔처럼 여러 층으로 이루어진 건물이 아니라 2층짜리 주택을 개조한 것이었다.

대문을 들어서니 마당에는 테이블과 의자가 있고, 제주도 게스트하우스 같이 한국적이고 친근했다.

체크인을 하려고 기다리는데 이미 그곳에서 머물고 있던 외국 친구들이 다이빙하러 함께 가자고 했다. 나는 그들을 구경할 마음으로 따라나섰다.

그러고는 청량한 바다 위 10미터쯤 되는 절벽 위에 서서 친구들이 풍덩풍덩 뛰어내리는 걸 지켜봤다.

다이빙하러 간 사람들이 차례대로 다 뛰고 나니 서 있는 사람은 나뿐이었다. 나는 지금까지 단 한 번도 바다로 뛰어내려 본 적 없었고, 이렇게 높은 곳에 서 있는 것도 처음이었다. 하지만 옛날부터 하고 싶었던 번지점프 대신 다이빙을 해볼까 하는 생각에 잠시 머뭇거렸다.

내가 머뭇거리는 순간 다른 친구들이 나도 할 수 있다고 말하며 흥을 돋웠다. '내가 동해나 서해도 아닌 아드리아 해에 언제 빠져볼 수 있을까?' 하는 마음에 뛰어내렸다.

나는 뛰어내리기 전에 친구들이 하는 것을 지켜보며 어떤 자세로 뛰어내려야지 아프지 않은지 등을 익힌 후에 시도했다. 바이킹이나 자이로드롭처럼 위에서 아래로 떨어지는 느낌이 무서웠는데 이것도 딱 그 느낌이었다. 생각보다 아래로 떨어지는 느낌이 바이킹보다 더 오래 간다는 것만 빼면.

다이빙을 해보겠다고 마음먹은 이유는 처음 본 친구들의 부추김도 있었지만, 이곳이 아니면 내가 언제 이 엄청난 도전(?)을 할 수 있을까 싶었다. 그리고 이 도전이 성공한 것도 내게는 보통 일이 아니었다.

그때부터 자다르는 태어나서 처음으로 바다로 뛰어내린 재미있는 추억이 생긴 곳이다.

원래 자다르는 바람과 바다, 파도가 어울려져서 내는 '바다오르간'이 유명하다. 이 바다오르간은 파도와 부딪히며 신비로운 소리를 낸다. 바다와

맞닿은 대리석 계단 아래 35개의 파이프에서 내는 소리는 사람의 영혼을 울리는 듯하다. 또, 지름 22미터의 원형 안에 LED 300개가 낮에 태양열 흡수하여 해 질 녘 빛을 내는 '태양의 인사'도 사람들을 자다르로 불러모으는 것 중 하나이다.

하지만 내가 '자다르'를 생각하면 '바다오르간'이나 '태양의 인사'보다 절벽에서 뛰어내릴 때 옷이 팔락거리던 순간과 바다에 빠지던 느낌이 떠오른다. 순간의 용기가 여행지의 특별한 추억을 선물한 셈이다.

여행지에서는 사소하고 작은 것도 추억이 된다. 그래서 사소하고 작은 행동에도 용기가 필요하다.

다이빙을 한 번 했다고 해서 인생에는 큰 변화가 일어나지 않는다. 하지만 용기를 내면 여행에서 색다른 추억을 가질 수 있고, 더 나아가서 '한번 해보고 나니 별것 아니네?' 하며 다른 일도 시도해볼 수 있다. 그것을 반복하다 보면 예전에는 못했던 것을 지금 할 수 있는 순간이 오기도 한다.

낯을 가리는 사람이라면 여행지에서 주변 사람에게 먼저 말 걸기, 이미 지나가는 버스를 뛰어가서 잡기, 물건을 구매할 때 가격 흥정하기 등도 용기를 내는 것에 속한다. 그것이 아무렇지 않고 쉬운 사람이 있는 반면, 민망해서 잘 못 하는 사람도 있기 마련이다. 하지만 그렇게 몇 번 하다 보면 '나에게도 이런 면이 있었나' 라는 생각이 드는 순간이 있을 것이다.

용기는 평소와 다른 나의 모습을 보여준다. 하지만 앞서 말했듯이 안전에 관해서라면 보수적이어야 한다. 혼자 가는 여행자는 위험할 수 있는 상황에서 혼자기에 더욱 각별한 주의가 필요하다.

작가 아나이스 닌Anais Nin은 '인생은 사람의 용기가 어느 정도인가에 따라 줄어들기도 하고 확장되기도 한다'고 말했다. 혼자 떠나는 용기가 있는 사람이라면 충분히 가능하다. 용기 있는 사람은 여행지에서 나만의 추억을 갖고, 그것이 있기에 남들과는 다른 나만의 여행으로 기억될 것이다.

2
정해진 길이 아닌 '살짝' 다른 길로

오스트리아Austria 비엔나로 가는 타이거 익스프레스는 아침 8시에 출발했다.

그날도 어김없이 빨리 가서 한자리를 차지하고 계속 버스가 출발하기만을 기다리는데, 기사 아저씨는 출발할 생각은 하지 않고 누군가와 통화하느라 바빠 보였다.

몇 명 타지 않아 텅텅 비었던 버스가 금세 꽉 찼다. 아저씨는 승객이 버스를 타는 사이에 통화를 끝냈는지 빠른 속도로 비엔나를 향해 출발했다.

혼자 간 필름 페스티벌에는 이미 사람으로 가득해서 앉을 자리도 없었지만, 어디를 가나 한자리는 있음을 다시 확인했다. 동생 덕분에 좋은 정보를 얻어 혼자 페스티벌에 온 아쉬움이 간신히 채워졌다.

7월 중순쯤 아침부터 저녁까지 강한 햇살이 내리쬐던 비엔나에서 있었던 일이다. 이곳에서 사흘을 머물면서도 관광지에 가거나 특별한 것을 하지 않았다. 이 시간에 꼭 무엇을 하거나 어딜 보러 가야 하는 것은 아니다 싶었기 때문이었다. 그러다 같은 방을 쓰는 동생이 알려준 필름 페스티벌

❶ 매년 여름, 비엔나 시청사 앞 광장에서는 필름 페스티벌이 열린다.
❷ 필름 페스티벌이 끝난 뒤 트램을 타고 숙소로 향하다. | 비엔나, 오스트리아

에 갔다.

다음날 벨베데레 왕궁Belvedere Palace 옆 정원에 들린 후 구스타프 클림트Gustav Klimt의 작품도 감상했다. 그리고는 베토벤Beethoven이 요양차 여름을 보냈던 하일리겐슈타트Heiligenstadt로 향했다. 이곳은 현재 베토벤이 유서를 쓴 장소이자 '하일리겐슈타트 유서의 집Beethoven Wohnung Heiligenstadt'이라 불리는 곳으로, 그리 넓지 않은 내부에 다른 관람객은 없었다.

혼자서 천천히 전시품을 구경했다. 그의 음악을 헤드셋으로 듣다가 학생들이 단체로 와서 시끌벅적해지는 찰나 근처에 있는 베토벤의 산책로Beethovengang를 가려고 나왔다.

산책로 입구에 도착해서 막 그 길로 들어서려는데 오른편에 조금 떨어져 있는 공동묘지가 보였다. 영화에서 봤던 외국의 공동묘지는 스산하기보단 아

베토벤이 유서를 쓴 집 뒷마당. 하얀 벽과 나무가 가득 했다. | 하일리겐슈타트, 오스트리아

기자기한 느낌이어서 호기심이 생겼다.

편편하게 잘 닦인 '산책로'라는 이름이 붙어진 길과 그 길 옆에는 공동묘지가 있었다.

'어디로 갈까?' 고민하다가 우연히 묘지를 보게 된 것도 우연이니 이곳부터 들린 후 산책로를 가야겠다고 마음먹었다.

공동묘지로 향하는 길엔 이정표나 사람도 없었다. 무엇이 나를 이곳으로 이끈 것인지 알 수 없었지만 조금 전까지만 해도 몇 걸음만 걸으면 지쳐서 바닥에 털썩 주저앉다가 걷기를 반복했었다. 하지만 묘지로 향하는 길은 아까와 다르게 기운이 나고 힘이 났다.

정성스럽게 가꾼 묘지를 구경하고 나니 바로 옆에는 포도밭이 있었다. 무덤과 포도밭 사이에는 명확한 경계선도 없이 바로 옆에 붙어 있었다.

이번에는 포도밭으로 마음이 향했다. 역시나 아무도 없는 오르막길을 따라 서 있는 포도나무를 따라서 계속 올라갔다. 폴폴 날리는 흙먼지와 다리를 긁는 풀들을 헤쳐서 올라가니 꽤 높았다.

그곳에서는 비엔나가 한눈에 내려다보였다. 근처에 전망대가 있다고 들었는데 거기까지 갈 필요조차 없었다.

솔솔 불어오는 바람을 맞으며 주변을 보았다. 내가 조금 전까지 있던 곳은 공동묘지였고, 지금 있는 곳은 막 자라나기 시작하는 포도밭에 있으니

공동묘지와 맞닿은 포도밭 | 비엔나, 오스트리아

전망대가 필요 없는 자연 그대로의 포도밭. 포도밭이 경사져서 동네 구경하기에 좋다. | 비엔나, 오스트리아

기분이 이상했다. 죽음을 상징하는 묘지와 파릇파릇하게 태어나는 과일이 맞닿아 있는 게 재미있고 의미심장해 보였다.

포도밭 한켠에 앉아서 보는 경치는 정말 환상적이었다. 그렇게 왜 컨디션이 좋아졌는지 생각에 잠겼다.

포도밭과 공동묘지로 향하는 것은 내가 끌려서 한 선택이었다. '저기엔 뭐가 있을까?' 하는 궁금증이 마음의 방향을 바꾼 것이다.

베토벤의 산책로는 '가고 싶은 곳'이기보다는 '가야 할 것 같은 곳'이었다. 지금까지 비엔나에서 한 것이 아무것도 없으니까, 베토벤의 별장까지 봤으니까, 이곳까지 왔으니 산책로까지도 보고 와야 할 것 같은 마음이 앞선 곳이었다. 왜냐하면, 포도밭을 구경하면 베토벤의 산책로는 못 갈 것 같았다. 결국, 내가 진정으로 원하기보다는 그래야 할 것 같은 의무감이 들었다. 하지만 그대로 가기보다는 내 마음이 끌리는 곳으로 먼저 향하니 어느 누구도 알려주지 않고 가이드북에도 나오지 않았던 곳을 만났다.

생각보다 그리 넓지 않은 폭의 길 왼쪽에는 푸른 숲이 있고 오른편에는 조용한 주택들이 나란히 있었다. 숲과 길 사이의 작은 냇가가 길을 따라 흘렀다. 인적이 드문 곳을 혼자 걸으며 베토벤은 어떤 생각을 했을지 궁금했다. 이 길을 걸으며 지친 몸과 마음이 편안해졌기를 바랐다.

조금 전까지 베토벤이 요양하며 지냈던 곳에 있다가 이제는 그가 걸었던

베토벤 산책로 모습. 베토벤 흉상이 있다. | 하일리겐슈타트, 오스트리아

길을 따라 걷고 있으니 쓸쓸함이 느껴졌다.

여행지에서 길을 잃는 것은 여행의 묘미라고 말하는 사람도 있다. 가려고 생각했던 곳에서 길을 헤매다 아무도 몰랐던 멋진 곳을 발견하기도 한다.

침착하게 길을 찾으면 길을 잃고 헤매느라 당황해서 우왕좌왕하는 사람에 비해 길 찾는 시간이 덜 걸릴 수도 있다. 하지만 그것은 혼자 여행을 하는 사람에게 엄청난 모험에 가깝다.

인터넷이나 휴대전화가 되는 곳이라면 어딜 가든지 내 장소를 지도상의 GPS로 찾을 수 있고, 위급상황에 도움을 요청하는 전화를 걸 수도 있다. 하지만 걷다 보면 GPS가 찍히지 않는 곳에 다다르거나 휴대전화 배터리가 없을 수도 있다.

말이 통하지 않는 외국에서 이런 일이 생긴다면 굉장히 불안하고 위험하게 느껴질 것이다. 이럴 땐 내가 가려고 하는 곳의 옆 골목을 가본다거나 혹은 랜드마크 주변을 기준으로 돌아다녀 보는 것이 좋다.

내가 파리에서 머물 때엔 어딜 가나 에펠탑이 우뚝 솟아 있어서 골목골목을 돌아다니면서 길을 모를 때면 다시 에펠탑 쪽을 향해 갔다. 이렇게 길을 찾을 때 기준을 정해놓고 다니면 가려고 하는 길에서 벗어났을 때 두렵거나 겁나는 일은 줄어들 것이다.

혼자 길을 잃었다고 느껴질 때, 자신이 어디로 향해야 하는지 명확히 알고 있다면 길을 잃은 것이 아니다.

혼자 여행을 떠나는 사람들은 계획을 세우는 데 집중한다. 아무래도 처음이고 경험이 많이 없다 보니 모든 정보를 알고 있고 꿰뚫고 있어야 마음이 편해지기 때문이다.

준비성이 철저한 것은 좋다. 하지만 무조건 그것에 따르기보다는 아주 '살짝' 벗어나기를 시도해보면 좋겠다. 계획이 줄어드는 여행보다 '살짝' 더 보고, 듣고, 느낄 수 있을 것이다.

3 내가 좋아하는 것

서점 여행 코너에는 항상 사람이 많다. 이곳에 온갖 여러 나라의 여행 가이드 북이 있는데, 책을 읽다 보면 나(독자)와 작가의 공통 취미를 접하게 될 수 있다. 그러면 독자는 직접 떠나지 않아도 작가를 통해 그곳(또는 그것)에 대해 간접적으로나마 알 수 있다.

혼자 여행하면 심심할 것 같아 걱정하는 사람에게 가장 좋은 여행 방법이 있다. 그것은 바로 여행하며 자기가 좋아하는 것에 대해 탐구하는 것이다.

좋아하는 것을 하면 시간이 금방 지나가지만 그렇지 않을 때면 굉장히 더디게 간다고 느껴본 경험은 누구나 있을 것이다. 여행을 떠나기 전에 '여행에 의미 부여하기'에서 비슷하게나마 방향을 잡았다면 사실 이 여행 방법은 '여행의 의미'가 자연스레 따라올 수밖에 없다.

자신이 목표하는 바가 뚜렷하니 여행을 하면서 자연스레 그곳에 관심이 향하고 집중하게 된다.

하지만 그때 정하지 못한 채 여행을 떠났다고 해도 상관없다. 일단 떠나

보는 것도 여행의 의미가 될 수 있으니까!

고백하건대, 나는 '독일 여행 가이드북'을 쓰고 싶었다. 그 이유는 처음 유럽에 도착하는 곳이 프랑크푸르트, 즉 '독일'이었기 때문이다.

유럽 여러 나라 중 독일에 제일 먼저 도착했으니 돌아다니면서 가이드북을 쓰려고 했다. 하지만 나는 독일에 대해 특별히 아는 것이 많지 않고, 독일과 관련된 전공자도 아닐뿐더러 독일어도 모르는 데다 독일을 짝사랑하는 것도 아니었다. 게다가 '여행 가이드북'을 생각한 이유는 잘 팔릴 것 같아서였다. 단순한 이유로 여행 가이드북을 쓸 생각했다는 것이 부끄럽지만, 다행히 그 계획은 현명한 분의 조언에 바로 접었다.

〈HK 여행작가 아카데미〉에서 최우수상 특전으로 푸껫Phuket에 취재하러 혼자 간 적이 있다.

하루라는 자유 시간을 제외한 3박 4일의 일정대로 여러 장소를 다녔다. '취재'가 처음이라서 어떻게 하는지 잘 몰랐지만, 여행지의 특징과 관광 정보 등을 꼼꼼히 기록하고 알아내야 한다는 부담감이 컸다.

페리를 타고 세계 10대 섬의 하나이자 세계에서 가장 아름다운 섬으로 꼽히는 피피 섬(유인도인 큰 섬을 '피피 돈'이라고 하고, 작은 섬 '피피 레'라고 부르는 두 개의 섬으로 구성되어 있으며, 보통 피피 섬이라고 하면 피피 돈을 말한다.)에 갔을 때도 가이드의 설명에 질문하고 답변을 받아 적느라 바빴다. 그래서 사진까지 다 촬영한 후에야 겨우 물속에 들어갈 수 있었다.

푸껫에서 보내는 시간에 나도 자유를 만끽하고 싶었다. 다시 오지 않을 지금 이 시간을 말이다.

이런 생각을 하니 여행하며 정보를 기록하겠다는 마음이 사라졌다. 이미 뛰어난 여행전문가들이 유럽 곳곳을 설명하고 장소를 추천했기 때문이다.

나는 내가 직접 여행을 하면서 보고 겪고 느낀 것이 더 마음속에 남았다. 어떤 사건으로 내가 알게 된 것과 생각과 느낌 등 말이다.

사언스레 그런 경험과 생긱들을 차곡차곡히 모았다. 그리고 그런 것들을 더 많이 겪고 생각하기 위해서 여러 가지를 시도해보려고 했고 또 정리할 수 있는 혼자만의 시간을 갖는 데 집중했다.

여행을 떠나기 전에 미리 계획하지 못했더라도 여행 중에 자연스럽게 눈에 들어오는 것이 있다. 여행 전에는 '맛집 탐방'에 관심을 가졌을지라도 여행 중에는 맛있는 것을 먹는 것보다 '경치 좋은 곳'에 가는 것이 더 좋을 수도 있다. 어떤 방향으로 바뀔지는 아무도 모른다.

PLoymanee
75
5152
81323

하지만 여행을 통해서 내가 어떤 것에 관심 있는지 알 수 있는 계기가 생기기도 한다.

'내가 좋아하는 것이 무엇일까?' 라고 스스로에게 질문해보자. 그 방법이 어렵다면 특별히 자주 가고 싶은 곳이 있다거나 혹은 비용이 많이 들어도 하고 싶은 것이 있다면 그것이 자기 관심사이다. 그것은 카페, 박물관, 미술관, 도서관, 문학 작품, 음악, 맛집 등 어떤 것이든 가능하다.

여행을 다녀온 후에는 그것을 더욱 발전시켜서 자신의 취미나 특기가 될 수도 있다. 누구와도 같을 수 없는 나만의 여행 이야기면서 관심사에 대한 견문도 넓어지고 경험이 쌓이는 일거양득의 효과다.

피피 섬 선착장을 오가는 사람들의 모습 | 푸껫, 태국

4
시간과 공간 기록하기

고등학교 다닐 때부터 지금까지 친한 친구가 있다. 학교를 다니는 3년간 같은 학원을 다녀서 매일 얼굴보고 이야기를 나누는 사이였다.

어느 날 친구와 통화를 하다 우연히 옛날에 썼던 일기장을 꺼내 본적이 있었다. 곳곳이 비어있기는 했지만 친구에게 몇 개의 일기를 읽어주며 '그때 이런 일이 있었지'하면서 깔깔대며 웃었다.

일기장을 읽다보니 잊고 지냈던 그때의 소소한 추억들이 기억이 되살아났다. 하지만 지난 일기를 읽는다 해도 내가 그때로 돌아갈 수 없다는 건 슬픈 일이다.

처음으로 여권을 만들어 떠났던 뉴질랜드에서는 정성스럽게 일기를 썼다.

지금보다 어렸을 땐 욕심이 과해서 큰 다이어리를 샀다. 그래놓고 막상 일기를 쓸 때면 쓸 칸이 많아서 부담스러웠다. 마땅히 한 일이 없는 날에는 그림을 그리거나 일부러 글자를 크게 써서 빈칸을 메우기도 했다.

일기를 써야 추억과 기억을 함께 저장할 수 있다는 생각에 유럽 여행을

한손으로 들고다니기 편해 늘 가지고 다녔던 수첩. 여행하는 동안 친구가 되어 주었다.

가기로 결정한 후에는 작은 수첩을 샀다. 작고 가볍다보니 매일 가방에 넣어 다녔다. 교통수단을 타고 이동할때나 벤치에서 잠깐 쉴 때도 떠오르는 생각들을 적을 수 있어서 편했다.

수첩을 계속 가지고 다니면서 휴대전화가 고장 났을 때도 급하게 메모할 때 유용하게 썼다.

손으로 쓰는 일기는 휴대전화에 타이핑하는 것과 다른 느낌이었다. 너무 급박하게 쓴 글자는 뒤죽박죽 알아보기 어려웠지만 간혹 수첩을 뒤적여볼 때 그마저도 재미있었다.

같은 장소를 여행하더라도 사람마다 보고 느끼는 것은 다르다.

예전에 인문학 수업을 들을 때 '오만과 편견'을 보고 어떤 점이 인상 깊었는지 이야기를 나눈 적이 있었다. 같은 영화를 봤음에도 불구하고 사람마다 기억에 남는 장면은 달랐다.

하지만 다르게 느끼는 것이 다가 아니다. 순간적으로 떠오르는 생각은 금방 사라진다. 지금은 알고 있으니 몇 분 후에도 알 것 같지만 그런 경우는 드물다. 그래서 생각날 때 써야지 꾸물대다가는 떠오른 생각이 없어진다.

여행을 기억하는 방법은 다양하다. 가장 간편하고 쉽게 하는 방법은 사진을 찍는 것이다. 휴대전화의 카메라 기능은 예전보다 들고 다니기에 좋아졌고 가벼워서 좋다.

하지만 글은 사진과는 다른 매력이 있다. 여행자가 기록하는 것이라면 갈

밖이 잘 보이는 자리에 앉아 여유롭게 차 한잔. | 오슬로, 노르웨이

곳을 찾아가는 방법이나 교통수단 등이다. 그런 것도 중요하지만 여행을 하면서 느끼는 감상에 대한 짧은 메모를 추천한다.

평소에 글을 쓸 기회가 많지 않아 손으로 쓰는 것이 어색한 사람은 기록하는 여행이 부담스러울 수밖에 없다. 이럴 땐 한 편의 글을 완성하기 보다는 한두 개의 단어, 짧은 문장을 써둔다.

휴대전화나 작은 수첩도 상관없다. 어떤 수단이든 자신에게 잘 맞고 쉽게 사용할 수 있으면 된다.

5

나만의 아지트 정하기

어릴 때 우리 집에는 다락방이 있었다. 삐걱대는 나무계단을 올라가면 허리를 펼 수 없을 정도로 천장이 낮았다. 이곳에는 잡동사니가 담긴 상자들과 내가 좋아했던 인형과 책이 있었다.

훌쩍 큰 다음에도 기분이 울적하거나 혼자 있고 싶으면 다락방으로 향했다. 내가 가지고 놀던 인형의 머리를 빗었다 땋기를 반복하거나 울고 싶을 때는 그곳에서 울기도 했다. 그곳은 내가 편안함을 느끼는 나만의 공간, 즉 아지트였다. 하지만 안타깝게도 아파트로 이사한 후로는 나만의 아지트라는 기분을 낼 수 있는 공간이 사라졌다.

여행은 일상적이거나 익숙한 느낌의 반대로, 낯설고 새로움이 앞선다. 그래서 나의 주된 생활권인 집이나 학교, 회사를 벗어난다. 그러다 보니 몰랐던 것을 알게 되고, 해보지 않았던 것을 하게 된다.

낯선 곳으로 여행갔더니 도착한 곳이 친숙하게 느껴진다면 무엇인가 이상할 것이다. 하지만 익숙한 것은 사람의 마음을 편안하게 만든다. 굳이 어떻게 할 것인지 생각한다거나 방법을 구할 필요가 없다. 내가 매일 머무르는 집에 가자마자 어디에 전등 스위치가 있는지 알고, 어떤 순서로 청소를 할지 고민하지 않는다. 익숙하기 때문에 편안하고 하던 대로 하면 된다.

'아지트'라는 특유의 장소가 주는 힘은 대단하다. 지치고 힘들 때 포근한 아지트에서 시간을 보내면 굳이 집으로 돌아가지 않아도 한결 마음이 편안해질 것이다.

여행을 다녀온 후에 가장 많이 받는 질문 중의 하나는 '어디가 가장 좋았냐'이다. 그 질문을 받을 때 항상 머릿속에서 제일 먼저 떠오르는 곳이 있다. 오스트리아의 비엔나이다. 그 이유는 그곳에 나의 비밀스러운 아지트가 있어서다.

고소한 빵 냄새가 지나가는 사람을 붙잡는 빈센트 카페 | 바르샤바, 폴란드

그곳은 경치를 보며 혼자 시간을 보내기에 최적의 장소였다. 혼자 경치를 보고 혼자 시간을 보낼 때 혼자여서 부족한 점은 전혀 없었다. 너무 개인적인 경험이기 때문에 다른 사람에게 추천하기는 애매하다. 하지만 나만의 장소가 있기에 그곳은 나에게 최고의 여행지로 기억된다.

비엔나와 비슷한 느낌을 받았던 곳은 폴란드Poland 바르샤바Warsaw에 있는 '빈센트Vincent' 카페와 스웨덴Sweden 스톡홀름Stockholm의 '에스프레소 하우스Espresso house' 라는 카페다.

바르샤바 ATM기에서 실수로 현금을 많이 인출해서 즈워티(złoty · 폴란드의 통화) 부자가 된 적이 있다. 갑자기 많아진 현금을 어떻게 할까 고민하며 길을 걷는데, 근처에서 너무 고소하고 맛있는 빵 냄새가 났다. 그곳이 바로 '빈센트 카페' 였다.

지금 이 순간만큼은 돈이 많으니 맛있는 빵 냄새가 나는 카페로 향했다.

라테와 산딸기 타르트를 먹으며 노래를 듣고 수첩을 정리하는 시간이 행복 그 자체였다.

스톡홀름의 에스프레소 하우스에서도 따뜻한 분위기를 만끽하며 혼자 노트에 무언갈 끄적이는 시간이 너무 좋았다.

낯선 이곳에서 왠지 친숙한 곳이 생긴 것만 같아서 스톡홀름에 머무는 동안 하루에 한 번씩 꼭 찾아갔다.

바르샤바와 스톡홀름에서 느낀 공통점으로는, 내가 간 카페는 다른 사람의 방해가 없어 편안하고 조용한 분위기였다. 마치 어릴 적에 다락방에서 느낀 감정과 비슷했다.

그 아지트가 있다는 것이 다른 곳보다 그곳에 더 가고 싶은 충분한 이유가 되었다.

아지트는 장소나 공간이 아니어도 괜찮다. 한 지역에 있는 것만으로도 힐링이 된다면 그 자체가 큰 아지트가 되는 셈이다.

어떤 사람들과 함께 하는 것이 좋다면 그 사람과 함께 하는 곳이 아지트가 된다.

엄청난 사랑을 받았던 드라마 〈응답하라 1988〉에서도 아지트가 나온다. 친구들끼리 옹기종기 모여앉아서 티비보고 라면을 먹고 노는 곳이 택이 방이다. 친구들에게 택이 방은 자기 집만큼이나 편안하고 계속 머물고 싶은 장소다.

장소에 얽힌 이야기가 있는 곳은 더욱 특별하게 느껴지는 것과 비슷하다. 무조건 내 아지트를 찾아야겠다고 무리하기보다 물 흐르듯 여행하며 편안한 곳에 머무르면 된다. 그리고 그곳을 계속해서 찾게 된다면 그곳은 아지트가 될 확률이 높다. 언젠가 다시 그곳을 여행하게 된다면 그곳을 향하는 여행길이 결코 낯설게 느껴지지 않을 것이다.

정말 친했던 친구를 오랜만에 만나는 듯한 느낌에 설렘 또한 커질 것 같다. 또, 자기만의 아지트를 가진 여행자에게는 여유가 생긴다.

나는 아지트 덕에 다시 가고 싶고, 잊지 못할 장소가 생겨서 행복하다. 또, 여행하면서 숙소를 이동할 때마다 내가 살았던 곳이 가장 편하고 안락한 것만은 아님을 알았다.

비록 잠시 집을 떠났지만, 세상 어딘가에는 내가 따뜻하게 쉴 공간이 새롭게 생긴다. 그 사실을 알면 익숙하지 않은 곳을 여행할 때 느끼는 낯선 감정과 두려움에서 멀어질 수 있다.

여행자가 다시 찾고 싶은 장소가 있다는 것. 그곳을 생각하면 미소가 지어지고 편안해진다면 얼마나 큰 행운일까?

❶ 내 아지트가 되었던 에스프레소 하우스 카페
❷ 늘 손님이 많었던 에스프레소 하우스 카페 내부
| 스톡홀름, 스웨덴

6
호기심을 품고 여행하기

여행은 새로운 장소와 문화, 사람을 만나는 기회다. 그런 환경에 있으면서도 그것들에 관심을 갖시 않고 지금껏 본 것과 똑같다고 여겨버리면 여행으로 누릴 수 있는 것을 놓치는 셈이다.

호기심 없는 여행에서는 아무것도 발견하지 못한다. 반면, 사물이나 사람을 보고 호기심을 가지면 자연스레 그것을 관찰하게 된다. 『관찰의 힘』의 저자 얀 칩체이스Jan Chipchase는 '비즈니스나 사회문제를 해결하기 위해서 세계를 누비며 사람들이 무의식적으로 하는 행동을 관찰하고 나아가 그 행동을 하는 동기를 찾는다'고 했다. 이렇게 끊임없이 사람들을 관찰하면서 생기는 질문이 곧 통찰력을 만들어 우리가 쓰는 제품이나 서비스에 접목할 만한 아이디어가 나온다.

거창한 목적이 아니어도 호기심은 나 홀로 여행하는 사람을 지루하지 않게 한다.

베네치아Venezia에서 숙소로 가기 위해 24시간 바포레토(Vaporetto · 이탈리아 베네치아의 교통수단으로, 수상 버스라고 생각하면 된다.) 수상권을 샀는데, 베네치아에서는 도시세City Tax를 추가로 내야 했다.

온통 배로 이곳저곳을 다니는 신기한 바포레토를 타고 숙소 근처 정류장에 내렸는데, 꼬불꼬불한 길과 방향이 헷갈려 뒤늦게 숙소에 도착했다.

이 숙소에서는 숙박비 외에 침대 시트를 5유로에 빌려야 했다. 간혹 자기 침대 시트를 가지고 다니는 게스트도 있어 나도 개인 시트가 있다고 하고는 유료로 시트를 빌리지 않았다. 시트 대신 긴 옷을 입고, 누가 덮었을지 모르는 이불은 덮지 않았다.

이곳에는 모기가 많다고 해서 걱정이었는데 얼마 전 친구가 준 모기 물림 방지약과 버물리가 있어 든든했다.

다음 날에는 유리공예로 유명한 무라노Murano 섬과 알록달록한 색상이 매력인 부라노Burano 섬에 다녀왔다. 무라노 섬에 가려면 리도Lido 섬에서 다른 배로 갈아타야 했다.

리도 섬에서 잠시 내린 김에 마트에 들러 끼니를 때울 겸 먹을 것들을 샀다. 베네치아 본섬은 관광객이 많고 번잡한 느낌인데, 리도 섬은 조용하고 차분했다.

벤치에 앉아 바다를 바라보며 음식을 먹다 부둣가에 묶인 배 한 척을 보았다. 배는 파도가 칠 때마다 좌우로 심하게 흔들렸다. 마치 배가 묶여있기

유리공예로 만든 아기자기한 장식품과 거대한 조형물

표지판마저 멋진 길거리 | 그라나다, 스페인

싫어 바다로 나가려고 발버둥 치는 것처럼 보였다. 그러나 야속하게도 배를 잡아둔 기둥은 배를 줄로 꽁꽁 묶어놓고 보내주지 않는 느낌이었다.

매번 보이는 장면에 이야기가 생기는 것은 아니다. 정신없이 바쁠 때는 그런 것들을 봐도 바로 지나쳐버린다. 하지만 시간이 많거나 쉬고 있을 때는 주변을 둘러 본 여유가 생긴다. 그래서 여행할 때는 '빨리빨리' 보다는 '천천히'가 더 어울린다.

여행하면서 만난 동·서양 여행자들에게 여행했던 나라 중 어디가 제일 좋았냐는 질문에 '스페인'이라는 대답이 가장 많았다. 왜 그토록 좋다고 하

천재 건축가 가우디의 최후 걸작인 사그라다 파밀리아 성당은 1882년 첫 공사를 시작으로 몇 번씩 공사가 중단되었지만, 아직도 공사중이다. | 바르셀로나, 스페인

는지 궁금했다.

바르셀로나Barcelona에 오기 전까지 나는 가우디에 대해서 들어본 적이 없었다. 하지만 바르셀로나에는 스페인을 대표하는 천재 건축가인 안토니오 가우디Antonio Gaudi의 건축물이 많아 여기에서 그의 이름을 알게 됐다.

그가 바르셀로나를 먹여 살린다는 말을 할 정도로 이곳에는 그의 작품을 보러 오는 사람이 많았다.

원데이 투어를 하고 싶었지만, 비용이 부담스러워서 셀프 투어를 결심했다. 대신, '안토니오 가우디'에 대한 영상을 유튜브에서 찾아보며, 그가 만든 건축물의 위치를 지도에 표시해두고 부지런히 걸으며 셀프 투어를 했다. 유튜브 영상을 보면서 궁금했던 점을 눈으로 보니 더 재미있었다.

관광지에 가도 그의 작품에 대해 영어로 설명이 잘 되어 있었지만, 내 짧은 영어 실력으로는 완벽하게 이해하기가 어려웠다. 오히려 영상으로 보고 들었던 설명이 셀프 투어 하는 데 많은 도움이 되었다.

그 후에 까다께스Cadaqués에서 살바도르 달리Salvador Dali 생가와 미술관을 구경할 때, 세비야의 기독교와 이슬람 양식이 합쳐진 알카사르Alcázar 궁전을 보러 갈 때도 영상으로 먼저 공부했다.

가우디 작품이 있는 곳 근처에 FC 바르셀로나와 AS 로마의 경기 티켓을 파는 부스가 있었다. 축구에 큰 관심은 없지만 이곳에 왔으니 축구를 보고 싶어 제일 저렴한 티켓을 50유로에 샀다.

구엘 공원Parc Guell과 사그라다 파밀리아 성당Sagrada Familia church을 구경하고 숙소 가는 길에 좌판에서 FC 바르셀로나 유니폼 파는 것을 보았다. 갑자기 노점상을 단속하는 경찰들이 나타나자 유니폼을 팔던 사람이 내게 20유로까지 가격을 확 낮추더니 나중에는 거의 옷을 던지다시피 하며 재빠르게 보따리를 싸서 도망갔다. 그래서 단속 나온 경찰 덕에 얼떨결에 유니폼이 생겼다.

다음 날 어제 저렴한 가격에 득템한 유니폼을 챙겨 까다께스로 향했다. 잠깐 눈 감은 것 같은데 버스를 타고 가는 내내 잤다.

살바도르 달리의 박물관과 생가를 다녀온 후 유니폼으로 갈아입고 누캄프Nou Camp 경기장 셔틀버스를 타러 갔다.

FC 바르셀로나의 홈구장인 누캄프를 가득 채운 관중

어제 샀던 티켓을 들고 사람들이 얽히고설킨 곳에 나도 버스를 타려고 줄 섰다. 길가에 가득한 사람들은 셔틀버스가 도착하자 바로 버스를 향해 달려들었다. 일행이 있는 사람이라면 놓치기 십상이었지만, 나는 혼자였기 때문에 한자리 남은 버스에 무사히 앉았다.

경기를 보기 전부터 셔틀버스를 타느라 치열한 전투를 하고 온 것 같아 몹시 지쳤지만, 경기장의 열기와 함성에 다시 에너지가 충전되었다.

제일 뒷자리에서 FC 바르셀로나와 AS 로마의 경기를 봤다.

내가 앉은 자리는 마치 아래로 쏟아져 떨어질 것처럼 높았다.

내가 본 바르셀로나의 골 시도만 해도 13번이 넘었다. 결국 바르셀로나가 3-0으로 완승을 했다.

경기장에는 드문드문 한국인도 보였다. 경기장에 있는 사람 모두 바르셀로나를 응원하는 마음으로 다 같이 일어나서 함성을 질렀다.

어느 나라든 스포츠를 하면서 한마음으로 뭉치는 것은 다 똑같나 보다.

유명한 관광지는 입장료가 비싸다. 그곳에 가서 사진만 찍고 나오기 전에 조금만 더 관심을 가지면 '이건 왜 이렇게 지어졌을까?', '어떻게 높은 천장에 그림을 그렸을까?' 등 신기하고 놀라운 것이 한둘이 아니다. 그래서 호기심을 갖는 만큼 질문도 늘어난다.

여행자가 호기심을 품고 질문하고 구경하면 여행하는 내내 지루할 틈이 없다. 일상에서도 그러한데 여행지에서 나의 관심을 기다릴 것들이 얼마나 많이 있을까 싶다. 지나가는 사람, 주변의 환경, 교통이나 주차 시스템, 자연환경 등 어떤 것이든 괜찮다. 호기심 가득한 눈으로 세상을 바라보자.

17세기 교황청 스페인 대사가 이곳에 본부를 두면서 스페인 광장으로 불리게 된 곳. | 세비야, 스페인

7
여행에서 만난 사람에게 배우기

혼자 여행을 하면 다양한 사람을 만난다. 나처럼 혼자인 여행자라면 몇 마디 대화만으로도 금방 친구가 된다.

헝가리Hungary 부다페스트Budapest에서 만난 소중한 사람이 있다. 첫 번째이자 마지막이었던 서바스 호스트인 '메기Maggie'였는데, 숙소인 부다페스트로 향하는 버스를 타기 전까지 그녀에게서는 연락이 없었다. 숙소 주소를 몰라 그녀에게 연락 오기만을 기다리고 있었는데, 연락이 없어서 다른 숙소를 구하기로 했다.

혹시나 하는 마음에 부다페스트행 버스 정류장 근처에서 메일을 확인해보니 그녀가 보낸 메일이 있었다. 메일에는 메기의 집을 찾아오는 방법과 주소가 있었다.

메기는 우리 엄마와 비슷한 나이로 보였는데 그 집에 머무는 동안 친엄마처럼 나를 챙겨줬다.

숙소에 머무는 동안 메기가 해주는 밥을 맛있게 먹고 나도 보답하는 마

잠깐이지만 엄마 역할과 가이드 역할을 해준 메기. | 부다페스트, 헝가리

음으로 한국 라면과 짜파게티를 끓여줬다. 메기는 정성 들여 '집밥'을 해줬는데, 내가 메기에게 해준 것은 '인스턴트 음식'이어서 미안했다. 하지만 메기는 맛있게 다 먹었다.

즐겁게 식사를 마치고 한국에 대한 이야기와 가족 이야기를 나누며, 말린 허브와 라벤더를 넣은 포푸리도 함께 만들었다.

메기의 집을 떠나기 전날, 그녀가 정성스럽게 모은 서바스 방명록을 보여줬다. 그 방명록에는 지금까지 그녀의 집에서 머물렀던 게스트들이 떠나기 전에 감사 인사를 남기거나 자기 나라로 돌아가서 메기에게 보낸 엽서와 메일이 고스란히 담겨 있었다. 메기는 그것을 자랑스럽게 보여주면서 '자기가 베푼 친절은 반드시 자기에게 돌아오니 항상 좋은 마음을 가지고 살아야 한다'고 했다. 그 말을 들으니 머리가 띵-하고 울렸다. 그 말이 사실이든 아니든 예쁜 마음으로 사는 메기에게는 항상 좋은 일이 일어날 것 같았다.

그녀의 손때가 묻은 방명록을 넘겨보며 언제부터인지 꽉 막힌 지하철을 탈 때마다 발을 밟거나 등을 미는 사람들에게 짜증 냈던 내가 생각났다. 메기의 말대로 그 짜증이 언젠가 나에게 돌아올 거라고 생각하니 지금부터라도 마음을 조금 더 예쁘게 써야겠다고 생각했다.

메기는 내가 떠날 시간이 다가오자 떠나기 전날, 하루종일 시내 관광을 시켜줬다. 무릎이 좋지 않은 메기였지만, 나에게 하나라도 더 보여주고 더 설명해주려고 어찌나 부지런히 다니던지 내가 오히려 그녀를 따라가느라 바빴다.

그녀와 시내 관광을 마치고 숙소로 돌아와 서바스 방명록에 정성스럽게 감사의 글을 남겼다. 또, 한국에서 미리 준비해간 부채에 사군자 중 난과 메기가 좋아하는 거북이도 그려서 선물했다.

소중한 다른 한 명은 스파에서 만난 '마거릿Magaret'이다.

헝가리 부다페스트는 온천이 유명한데, 이곳에는 가장 규모가 크고 사람들에게 많이 알려진 세체니 온천Széchenyi gyógyfürdő이 있다. 나는 유명한 곳보다는 덜 붐비고 조용한 곳에 가고 싶었다. 그래서 검색하다 알게 된 곳이 Veli Bej Bath라는 스파다.

이 스파에 가보니 최근에 리모델링을 해서 깔끔한 내부 시설과 조용한 분위기가 너무 마음에 들어 다른 사람에게 알려주고 싶지 않을 정도였다.

그곳에 간 날은 이른 아침이라 사람이 적어서 나 혼자 스파를 즐기고 있었다. 그때 마거릿이 같은 탕에 들어오더니 눈을 감고 있는 내게 여행 중이냐고 물었다. 자기는 영어를 잘하지 못하니 이해해달라고 해서 나도 정말 못한다고 하면서 우리는 힘겹게 대화를 하다 마거릿은 자기가 영어를 배우게 된 계기를 들려줬다.

마거릿은 손과 목을 보여주면서 몸에 걸친 장신구가 아무것도 없다고 했다. 금이나 목걸이 같은 장신구에 돈을 쓰기보다는 장신구를 살 돈으로 여행을 떠난다고 했다. 그때마다 마거릿은 언어가 통하지 않아 힘들어서 여든에 영어 공부를 시작했다고 했다. 내가 놀라며 진짜 여든이 넘었냐고 묻자, 일주일에 몇 번씩 이곳 스파에 오니 피부가 좋아진 것이라며 장난스레 말했다.

마거릿은 유리 공방을 운영하면서 공부를 해야 해서 집안 곳곳에 영어 단어를 붙여놓았단다. 특히 화장실에서는 영어 책을 두고 틈틈이 봤다면서 '자기가 원하는 것을 하려면 시간이 없다고 하지 않는다.' 라고 했다. 이렇게 여든부터 조금씩 해왔기 때문에 지금 우리가 이곳에서 이야기를 나눌 수 있는 것이라며 미소 지었다.

그 말을 듣는 내내 놀라움을 감출 수 없어 저절로 박수가 나왔다.

그녀의 말은 '무엇인가 하기에 너무 늦지 않았을까?', '내가 하려고 하는 것에 이미 많은 사람이 해왔어'라고 할까 말까 고민하며 지지부진하던 나에게 큰 충격이었다. 여든이 된 할머니도 미래를 위해 새로운 것을 배우는데, 고작 25살밖에 안 된 내가 못할 이유가 없다는 생각이 들었다.

헝가리에서 만난 두 사람은 내가 앞으로 살아가면서 잊고 싶지 않은 마음

부다페스트의 온천 중에서 가장 유명한 세체니 온천

가짐을 알려주었다. 내가 나이가 들면 그들 같은 모습이 되고 싶었다.

부다페스트에서 만난 사람들은 삶에 대한 열정, 끊임없이 공부하고 배우는 모습이 내게 큰 귀감이 되었다.

여행을 하면서 사람들을 만나고 겪게 되는 일들은 단순한 우연이 아닐 수도 있다.

여행을 시작하는 날 있었던 일이다. 독일 프랑크푸르트FrankFurt 공항에서 시내로 나가려고 기차를 타러 갔다. 그때는 티켓을 구입하는 방법을 몰라 멀뚱히 티켓 판매기를 보고 있었다. 그때 어떤 커플이 나타나 티켓 한 장을 건넸다. 무슨 티켓인지도 모르고 받으니 자기들은 여행이 끝나서 더 이상 사용할 필요 없으니 필요한 사람이 쓰라고 티켓을 준 것이었다. 그 커플 덕

친절한 커플 덕분에 무료로 프랑크푸르트 중앙역까지 갈 수 있었다.

분에 비용을 들이지 않고 시내로 이동했다. 그 커플은 이제 필요없으니 티켓을 버리거나 기념으로 가져갈 수도 있는데, 버리지 않고 나를 줘서 잘 쓸 수 있었다.

기차를 타고 시내로 향하는 길에 나에게도 이런 일이 생기면 그렇게 해야겠다고 생각했다.

우연히 오스트리아Austria 할슈타트Hallstatt에서 육지와 섬을 오가는 티켓이 한 장 남았다. 그때 프랑크푸르트 공항에서 만난 커플이 생각났다. 비싸고 귀한 것은 아니지만 그래도 필요한 사람이 있을까 싶어서 선착장으로 향했다.

모녀처럼 보이는 사람들에게 가서 표를 내밀며 사용하라고 하니 영어를 알아듣지 못했다. 나에게 돈을 주려고 지갑을 꺼내길래 손사래를 치며 티켓을 쥐여주고 가니 그제야 'Thank you' 라고 했다.

그 외에도 스치는 인연이었지만 좋은 영감을 남겨준 사람과 아무런 대가 없이 선의를 베푸는 사람이 있었다.

때로는 혼자 여행하니까 낯선 사람을 조심해야 한다는 우려가 상대방의 호의를 나쁘게 오해할까 봐 걱정되기도 한다. 어찌 되었든 간에 그런 사람들에게서 좋은 모습, 감동을 받았다면 '고마운 사람이구나' 하고 지나칠 것이 아니라 보고 배워야 한다.

길 위에서 만나는 모든 사람은 내가 어떤 사람이 되어야 하는지 생생하게 보여준다. 그러기 위해서는 여행 장소에만 관심을 가질 것이 아니라 사람을 주의 깊게 살펴야 한다.

무조건 좋은 사람만 있는 것은 아니다. 발을 밟고도 미안하다고 하지 않거나 밀치고 지나간다. 외국인이라는 이유로 바가지를 씌우고 부당한 행동을 하면서도 되려 욕한다. 그렇지만 그들과 똑같이 행동해서 같은 사람이 되고 싶진 않을 것이다.

여행길에서 만났던 좋은 사람, 좋은 감정, 좋은 느낌을 고스란히 내 것으로 만들 수만 있다면 그보다 좋은 여행은 없다.

Part 4

혼자서도
할 수 있어!

1
항상 혼자인 것은 아니다

요즘 직장인들은 점심시간을 활용해서 운동을 하거나 학원 수업을 들으며 의도적으로 개인적인 시간을 갖는 추세다.

혼자 가는 여행도 그것의 연장선이지만 일상생활과 다르게 여행에서는 더 긴 시간을 혼자 보내게 된다.

혼자 있는 시간은 다른 것의 방해 없이 내 마음과 생각에 귀 기울일 수 있고, 내가 원하는 것을 하거나 휴식을 취하는 데 효과적이다.

'혼자 가는 여행'은 처음부터 끝까지 모든 시간이 혼자일 필요 없다. 사람이 그리울 때는 사람을 만나고, 누군가와 이야기를 하고 싶을 때면 그렇게 한 후 혼자서 여행하면 된다.

오히려 그렇게 하는 것이 혼자 하는 여행을 포기하지 않고 계속할 수 있는 순간순간의 기분 좋은 요소가 될 수 있다.

친구가 여름 휴가를 맞아 나를 만나러 왔다. 로마Rome에 도착한 친구는 '테르미니역에 어떤 걸 타고 갈까?'라는 문자를 마지막으로 연락이 끊겼다. 그 당시에 나는 두드러기가 심해져서 병원 응급실에서 진료 대기 중이었는데, 친구와 갑자기 연락이 안 되니 걱정이 이만저만이 아니었다.

환전해온 돈도 많이 있을 텐데 잃어버린 것은 아닐지, 혹시 납치나 무슨 일이 일어난 것은 아닌지 초조했다. 한참 친구에게 연락 오기만을 기다리다 드디어 연락이 왔다. 근처 인터넷 카페에서 스카이프로 '맥도날드 앞에서 만나자'고 모르는 번호로 연락이 온 것이다.

직감적으로 친구라는 것을 알 수 있었다.

나는 테르미니역Termini Station 근처에 있는 맥도날드 두세 곳을 뛰어다닌 후에 친구를 만날 수 있었다. 친구가 휴대전화를 잃어버리는 바람에 이리저리 돌아다니면서 연락할 방법을 찾느라 고생한 이야기를 들으니 마음이

융프라우로 향하는 열차 | 인터라켄, 스위스

짠했다.

우리는 예상시간보다 늦게 만났지만, 계획했던 콜로세움Colosseum으로 향했다. 폐장 시간이 가까워서 부랴부랴 둘러보면서도 친구는 최근에 산 휴대전화를 잃어버린 충격에서 완벽히 벗어나지 못한 상태였다.

서로 어렵게 만났다는 반가운 마음이 들어서인지 너무 목이 말랐다. 운좋게도 물을 파는 사람이 '2 유로'를 외치며 생수 한 병을 들이댈 때 내가 '1 유로'를 외쳐 극적으로 딜에 성공했다. '저렴한' 가격에 득템한 생수로 목을 축이며 지친 몸과 마음을 깨웠다.

로마를 떠나 스위스Swiss 베른Bern을 거쳐 인터라켄Interlaken에 도착했다. 이곳에서 잔잔한 튠Thun 호수도 보고 시내 구경을 했다.

다음날 융프라우Jungfrau에 갔다. 대체로 유럽이 물가가 높은 편이었지만, 스위스는 더 심했다. 그래서 점심값을 아끼려고 숙소에서 조식으로 주는 빵 몇 개를 챙겼다.

숙소에서 융프라우로 떠날 때는 날씨가 맑았는데, 산악열차가 융프라우를 향해 올라갈수록 점점 추워졌다. 마지막 열차 JB를 탈 때는 따뜻한 히터에 그만 스르륵 잠들어버렸다.

잠시 후 우리를 맞아준 융프라우는 어마어마한 추위와 하얀 눈보라뿐이었다. 가는 날이 장날이라고 정작 융프라우 정상에서는 전망대에서 경치 구경을 할 수 없었다.

어찌나 추웠는지 우리는 잠시나마 얼음창고에 있는 기분을 느끼기도 했다.

신이 빚어낸 알프스의 보석이라는 인터라켄의 융프라우 산 정상 전망대에서 우리나라 돈으로 약 만 원을 내고 컵라면을 사 먹었다. 무료로 컵라면을 먹을 수 있는 쿠폰을 가지고 있다는 것은 나중에 알았다.

❶ 스위스에서 세 번째로 큰 도시이지만, 거리에 사람이 많지 않다.
❷ 바젤에서 인터라켄으로 향하는 기차 안에서 | 바젤, 스위스

또, 무료로 라면을 먹을 수 있는 쿠폰으로는 클라이네 샤이데크Kleine Scheidegg역에서 컵라면 값과 동일한 가격의 기념품을 살 수도 있었는데, 이번에도 클라이네 샤이데크를 지났을 때에야 알게 되었다.

이래저래 쿠폰을 쓸 수 있는 모든 기회를 놓치니 괜히 아쉬운 마음이 들었다.

친구가 한국으로 돌아가는 날이 되었다. 배웅을 하러 인터라켄을 떠나 취리히Zurich 공항에 가는 내내 마음이 울적했다. 친구와 함께 보낸 시간에는 외롭지 않고 든든했었다. 그러다 이제 헤어진다고 생각하니 벌써 마음이 공

Stockholm

허하고 외로웠다.

친구가 떠난 후에 루체른Luzern으로 가려고 기차를 타는데 눈물이 났다. 기분이 울적해서 무엇인가 할 기분이 아니었지만 유레일 패스를 사용한 당일은 유람선을 탈 수 있어서 꾸역꾸역 배를 탔다. 리기Rigi 산까지 가고 싶었는데 그곳에 가려면 추가 요금을 더 내야 해서 유람선만 탔다.

유람선을 타고 호수로 유명한 피츠나우Vitznau와 웨기스Weggis에 들렸다가 돌아왔다. 친구와 같이 유람선을 탔더라면 덜 쓸쓸했을 텐데 혼자 유람선을 타니 울적했다. 그래도 얼른 울적함을 떨치고 루체른 도서관과 빈사의 사자상을 둘러 본 후에 숙소로 돌아왔다.

잔뜩 우울한 표정으로 들어오자 같은 방 쓰는 한국인 언니가 먼저 다가와서 달래주었다. 그렇게 언니와 오늘 다녀온 곳에 대해 신나게 수다를 떨었더니 어느 정도 울적한 기분이 가셨다.

호스텔에서 만난 그 언니 덕에 배를 타고 멋진 풍경을 봐도 아무 감흥 없던 마음이 사라지고 내일 갈 곳에 대해 머릿속으로 그려보게 되었다.

혼자 하는 여행의 다른 재미는 다른 사람들을 만나는 것이다.

때때로 그들은 내가 혼자라는 이유로 더욱 쉽게 말을 걸고 다가오기도 한다. 먼저 동행을 구해 본 적은 없지만 같은 방을 쓰게 되거나 같은 테이블에서 밥을 먹게 되면 자연스럽게 하루 정도 함께 여행하자는 권유를 받는다.

여행 중에 만난 사람과 특별히 혼자 있고 싶거나 갈 곳이 있는 경우를 제외하면 함께 다닌 적도 있다.

나는 혼자 여행을 하면서부터 혼잣말을 하게 되었는데, 아무래도 의견을 주고받고 할 사람이 없다 보니 스스로 질문하고 답하느라 그렇게 된 것 같았다. 자주는 아니더라도 가끔 다른 사람과 함께 여행하며 혼자서 먹지 못하는 여러 음식도 시켜서 나눠 먹게 되고, 사진도 찍어줘서 좋았다.

외롭다고 해서 혼자 떠난 여행의 대부분을 다른 사람과 함께 보내는 것은 여행의 취지와 다르다. 나 혼자 똑바로 서 있어야 타인들과 어울릴 때도 내 역할을 제대로 할 수 있다. 매번 동행자에게 의지하라는 것이 아니라 혼자인 시간을 보내는 자신만의 방법을 찾되 무조건 혼자여야 하는 것은 아니라는 뜻이다.

자기의 외로움을 잘 보살피고 적응할 수 있어야 다른 사람에게도 부담스럽지 않다. 적당한 외로움을 즐기되 가끔씩은 새로운 친구와 시시콜콜한 이야기도 나누고 에너지를 얻는다면 혼자 혹은 함께 하는 여행 두 가지를 모두 맛볼 수 있다.

2
기분 좋은 상태를 유지하는 법

'눈은 마음의 창'이라고 한다. 이 말은 '눈을 통해 사람의 마음이 드러난다'는 뜻이다. 그래서 동·서양을 통틀어 철학자와 성현들은 '눈'은 '마음이 머무는 곳이자 영혼의 창'이라 했다.

맹자孟子는 사람의 마음을 살펴보는 데는 눈동자보다 더 좋은 것이 없으며 마음이 올바르면 눈동자가 맑고 그렇지 못하면 흐리다고 했다.

나는 여행을 하면서 '눈'을 다르게 해석하게 되었다. 마음의 상태가 눈을 통해서 드러나는 것은 물론이고, 어떤 마음이냐에 따라서 똑같은 것도 좋게 보거나 혹은 나쁘게 볼 수 있다는 것을 알았다.

내 마음을 돌보지 않아서 아찔했던 적이 있다. 루마니아 티미쇼아라Timisoara에 갔을 때 벌레한테 물려 밤잠 설치며 고생한 적이 있다.

벌레에게 물린 곳은 화끈거리며 간지러웠는데, 이 부위의 열기를 식히려고 손수건에 차가운 물을 묻혀 올려두면 몇 초 만에 손수건이 뜨끈해질 정도였다.

그날은 주말이라서 그런지 도시 전체가 조용하고 사람도 없었다.

눈에 보이는 약국도 없어서 하는 수 없이 일단 버텨보기로 했다. 하지만 시간이 지날수록 뉴질랜드에서 빈대에게 물렸던 것보다 훨씬 더 가려웠다. 가렵다고 벅벅 긁어봤자 흉터가 남고 끝도 없이 가려운 것을 알기에 최대한 긁지 않고 차가운 음료나 물 묻힌 손수건을 갖다 대며 간신히 참았다.

루마니아를 떠나는 날, 세르비아 베오그라드에서 하루 자기로 했다. 그런데 시차에 맞춰 시계를 바꾸지 않아 기차 출발 시간보다 늦게 도착해 베오그라드에서 1박이 무산됐다.

몸은 가렵고 벌레에 물린 곳은 여전히 퉁퉁 부어 있었다. 그런 상태로 다음 기차를 타기 위해 8시간이나 기다려야 하는 게 너무 괴로웠다.

내가 꼼꼼하지 못해 생긴 일이지만, 아무리 생각해봐도 너무 한심했다. 그래서 허름한 기차역 구석에서 배낭을 끌어안고 울었다.

한참을 울고 있는데, 누가 내 어깨를 툭툭 쳤다. 한껏 기분이 나빴던 나는 고개를 홱 돌려 어깨를 친 사람을 노려보듯 쳐다보았다. 그 사람은 알아들을 수 없는 말과 손짓으로 나에게 계속 비키라는 제스처를 취했다. 내가 자리에서 일어날 때까지 계속 옆에 서 있을 것 같아 억지로 몸을 일으켰다. 나를 일으켜 세운 사람은 손가락으로 플랫폼을 가리켰다.

한숨을 쉬며 그 사람이 가리킨 곳으로 가니 의자가 있는 휴게실이 있었다. 아! 그 사람은 나를 도와주려 했는데 나는 짜증 나고 못난 마음으로 '비켜!'로 받아들인 것이다.

누구든 그런 상황이 생긴다면 나와 비슷하게 행동했을 것이다. 상대방은 우는 나를 생각해서 편하게 있을 장소를 알려주었지만, 그 사람을 보는 나는

좋게 보일 리가 없었다.

사람은 자기 감정에 휘말리면 보고 겪는 것을 그대로 받아들이기 어렵다. 그대로 받아들이고 이해하고 있다고 생각할지라도 실제로는 자기 기분에 영향을 받을 것이다.

상대방의 호의를 고깝게 생각하고 나니 내 기분에 따라서 상황을 판단하고 믿어버릴 수 있다는 사실이 위험하게 느껴졌다. 그 사건을 계기로 다른 사람의 말과 행동을 오해 없이 받아들이기 위해서 내 감정을 잘 다스려야 한다는 것을 알게 되었다.

아무리 좋고 멋진 곳에 가더라도 내 기분이 엉망이라면 좋아 보이지 않는다. 빨리 집으로 가고 싶고 감흥이 없으며, 작은 일에도 짜증이 나고 불쾌하기만 하다.

내가 보는 것이 감정에 영향을 받는다는 것을 알게 되면 기분 좋은 여행을 만드는 방법은 명쾌하다. 내 마음이 좋으면 내 눈은 좋은 것을 보고 내 마음이 나쁘고 불만으로 가득하면 싫은 것만 보인다. 한마디로 자기 마음 상태에 따라 내가 보고 느끼는 것이 달라진다.

항상 그럴 수는 없지만 감정을 현명하게 컨트롤하는 것은 중요하다. 감정을 잘 활용하기만 한다면 굉장히 유용하지만 그렇지 않을 경우에는 여행 전체를 망쳐버릴 수도 있기 때문이다.

상황을 어떻게 받아들일지 결정하는 주체는 자기 자신이다.

때때로 기분 나쁜 일이 생기더라도 혼자 그 일에 심취해있기보다 한발 떨어져서 '내가 좋지 않은 눈으로 상황을 본 것이 아닐까?' 라고 질문해

볼 필요도 있다. 행복은 '무엇'이 아니라 '어떻게'의 문제라고 한 헤르만 헤세Hermann Hesse의 말처럼, 행복한 여행이 되는 것은 무엇을 보느냐에 좌우되는 것이 아니라 귀한 것이든 하찮은 것이든 내가 어떻게 보느냐에 달려 있다.

3
침착하게 행동하면 방법이 생긴다

2011년 여름, 뉴질랜드 워킹홀리데이를 끝내고 집으로 돌아가기 전에 호주에 있는 진한 언니와 함께 여행하기로 했다.

우리는 호주 멜버른Melbourne에서 만날 계획이었는데, 언니보다 내가 먼저 도착했다. 공항 입국심사관이 몇 가지 질문을 하더니 갑자기 내 여권을 들어서 얼굴 옆에 갖다 대고 사진을 번갈아 봤다. 침이 꼴깍 넘어갔다.

한참 여권 사진과 얼굴을 번갈아 보던 심사관이 꼼짝 말고 기다리라고 했다. 난 무슨 일인지도 모른 채 그가 시키는 대로 서 있었다.

공항을 나가보지도 못하고 다시 오클랜드로 돌아가야 하는 것은 아닐까, 벌금을 내야 하는 것은 아닐까, 어디 잡혀가는 것은 아닐까 등 걱정이 순식간에 불어났다.

그러나 상세히 내 상황을 설명하고 질문할 만큼 유창한 영어 실력도 아니었던 내가 유일하게 할 수 있는 것은 심사관이 시킨 대로 그저 가만히 있는 것뿐이었다.

심장은 콩닥거리고 머릿속이 복잡하니 아무 생각도 떠오르지 않았다. 심호흡을 하며 진정하려고 했다. '내가 한 답변이 문제였을까?', '사진과 실물이 많이 다른가? 뭐가 문제지?' 생각하면서 내 여권을 첫 페이지부터 넘겨 보는데 아차 싶었다.

내 여권에 찍힌 비자는 뉴질랜드에서 최대 90일까지 머물 수 있는 관광비자뿐이었다. 심사관은 90일까지만 허용되는 비자를 보고 내가 90일이 넘게 있었다고 생각한 것 같았다.

뉴질랜드 워크 비자는 다른 나라의 비자처럼 사증에 붙이는 스티커 형식이나 작은 사이즈가 아니라 A4용지여서 잃어버리지 않게 여권 케이스에 껴두었었다. 한참 가방을 뒤져 여권 케이스에서 찾아낸 워크 비자를 보여주니 단번에 통과했다. 부랴부랴 그곳을 나오니 공항 내 방송에 어렴풋이 '진실리'가 들렸다. 마지막까지 찾아가지 않은 짐을 찾아가라는 방송이어서 홀로 남아있는 내 캐리어를 찾았다.

멜버른 공항에서 내가 왜 잡혔는지 이유를 모르니 심사관을 기다리는 내내 너무 답답했다. 무슨 일인지 알면 그것에 대해 해명을 하면 되는데 그렇지 않으니 어쩔 도리가 없었다.

다행스럽게도 갑자기 비자가 생각나 무사히 공항 밖으로 나갈 수 있었지만 때로는 아무리 침착해도 방법이 없게 느껴지기도 한다. 하지만 할 수 있는 것이 없는 것 같이 끝났다고 느껴지더라도 어떻게든 방법은 있다.

끝날 때까지 끝난 것이 아니라는 말처럼 끝인지 아닌지 결정하는 것은 '나'이다. 내가 할 수 있는 것이 없다고 생각해버리면 문제를 해결하려고 하기보다는 어떻게 되기만을 수동적으로 기다리게 된다. 가만히 앉아서 소중한 시간을 보내는 것보다는 뭐라도 해보는 것이 더 낫다. 그 해볼 만한 무엇인가를 떠올리려면 '침착하기' 가 필요하다.

나에게는 처음 혼자 여행을 시작했던 순간의 경험이 당황할수록 침착해야 한다는 것을 가르쳐주었다. 호랑이굴에 들어가도 정신만 차리면 된다는 말처럼, 내가 당황스러운 순간을 겪어보니 패닉 상태가 되어도 침착하게 방법을 찾아야 한다는 것을 알게 되었다.

낯선 여행지에서 겪는 당황스러운 사건들은 여행자를 주춤하게 만든다. 하지만 예상하지 못하고 불쑥 찾아오는 그런 상황을 제어할 수 없다. 만약, 컨트롤할 수 없다면 그런 상황에 닥쳤을 때 어떻게 하면 되는지를 미리 정해두는 것이 낫다.

나는 떨리거나 불안하면 숨을 크게 들이마셔 공기를 가득 불어 넣고 천천히 내쉬면서 긴장을 풀려고 한다. 작은 행동이지만 이렇게 하면 긴장감이 가라앉는 것 같다.

혼자여서 최고의 해결방안이 나올 것 같지 않다고 걱정할 필요 없다. 침착하기만 한다면 두세 명이 머리를 맞댄 것보다 더 나은 방법이 떠오를 수도 있다.

침착하지 못하고 우왕좌왕하는 사람들이 많아 봤자 옆에 있는 나조차 마음을 다잡기가 어렵고 흔들린다.

나처럼 이런 일을 겪으면 여행 막바지 무렵에는 '위기상황 대처능력' 이 상승했다고 느낄 것이다. 그 전까지는 당황스럽고 안절부절못하는 상황에 처하면 무엇보다 마음을 진정시키는 데 집중해야 한다.

4

중심잡기

몇 킬로미터를 뛰어야 하는지도 모르고 무작정 마라톤에 나간 적이 있다. 연습할 시간도 넉넉하지 않았지만, 마라톤을 며칠 앞두고 연습한다 해도 갑자기 신청했던 하프 코스인 21킬로미터를 달릴 수 있을까 걱정했을 정도였다. 그래서 며칠만이라도 5킬로미터, 10킬로미터씩 목표 거리를 늘려나갈 계획이었다. 하지만 바쁘고 정신없다는 이유로 연습하지 못했다.

결국, 그날이 왔다.

마라톤 출전자들 틈에서 목표 완주시간이 적힌 풍선을 달고 있는 사람들이 있었다. 그들은 출전자들의 완주를 할 수 있도록 각자의 페이스를 지키는 속도를 유지할 수 있게 도와주는 '페이스메이커pacemaker'였다.

혼자 떠나는 여행자는 여행하는 '마라토너'이자 적당한 속도를 유지해야 하는 '페이스메이커'의 역할을 겸해야 한다. 하지만 두 가지 역할을 함께 하기란 쉽지 않은 일이다.

페이스메이커의 역할을 잠깐 방심한 적이 있었다. 크로아티아 스플리트Split에 있는 맛집을 검색해서 찾아갔을 때였다. 그 식당에는 이미 손님으로

식사를 마치고 야경을 보다. | 스플리트, 크로아티아

가득해 나처럼 혼자 온 사람과 합석하게 되었다.

주문한 식사를 기다리고 있는데, 내가 앉은 테이블에 두 자리가 비어 또 합석하게 되었다. 이렇게 해서 총 4명의 한국인이 한 테이블에 앉게 되었다. 여름휴가로 놀러 온 직장인 언니 두 명과 대학원생 오빠 한 명이었다.

우리는 자연스레 밥을 먹으면서 여행 이야기를 나누었다. 식사 후에 근처 전망대에 함께 올라갔다.

크로아티아는 길쭉하게 생긴 땅 모양 때문에 많은 여행객이 수도가 있는 자그레브Zagreb(지도로 볼 때 위쪽)에서 두브로브니크Dubrovnik(지도로 볼 때 아래쪽)로 여행을 하거나 혹은 그 반대다.

우리는 자기만의 스타일로 여행을 계획했지만, 위에서 아래로 향하는 방향이 같아 식당에서 헤어져 다음 여행지인 두브로브니크에서 다시 만났다.

우리는 저녁을 먹으며 다음날 일정에 대해 이야기를 나눴다. 물 위에 떠 있는 선상레스토랑에 가는 건 어떻겠냐는 의견이 나왔다.

여행지에서 한국 사람을 만나는 것이 오랜만이라 같이 있으면 재미있을 것 같았지만, 비용이 가장 큰 걱정이었다.

나는 이미 좋은 곳에서 저녁을 먹고 케이블카를 타느라 많은 돈을 쓴 상태였다.

두브로브니크 시내에서 조금만 걸으면 수영할 수 있는 곳이 나온다.

돈을 아끼는 것도 좋지만, 사람들과 즐겁게 놀고 싶다가도 빠르게 줄어드는 잔액 때문에 선뜻 결정을 내리지 못했다. 가끔은 특별하게 저녁을 먹고 분위기를 내는 것도 좋지만 두 달 가량 여행 일정이 남아있기에 초반에 무리하지 않는 것이 더 낫다고 판단했기 때문이다. 그래서 선상 레스토랑엔 가지 못하겠다는 말을 언제 해야 할지 타이밍을 보고 있는데, 언니들이 오늘부터 '긴축재정'에 들어가겠다고 했다.

선상레스토랑을 가지 않게 되면서 우리의 만남도 자연스럽게 무산되었다. 대신, 나는 꼭 가고 싶었던 곳을 찾아갔다. 두브로브니크 성벽 골목 중간 지점에 구멍을 뚫어 작은 틈새를 낸 암벽 위에 있는 부자 카페Cafe bar Buza로 향했다. '부자Buza'는 크로아티아어로 '구멍'을 뜻한다.

나는 이 '구멍'에서 내가 아끼는 사람들에게 보낼 엽서를 쓰면서 혼자만의 시간을 보냈다.

여행을 하다 보면 다른 여행자들에게 나도 모르게 따라가게 되는 경우가 있다. 그래서 쇼핑하는 사람들을 따라다니다 굳이 필요한 것이 아닌데도 사게 되거나 가려고 한 곳도 아닌데 다들 가는 곳인 것 같아서 계획에 없던 곳도 가는 일이 생긴다. 그러다 보면 분위기 때문에 혹은 어쩌다 보니 하지 않아도 되는 것을 하게 된다.

혼자 여행을 하면서 좋은 점 중의 하나는 원하는 대로 24시간을 쓸 수 있고 원하는 것만 선택해서 할 수 있는데 그렇지 못한 경우다.

가끔은 사람들과 어울리기 위해서 어느 정도 비슷하게 행동해야 할 때가 있다. 하지만 계속 그렇게 하다 보면 내가 계획한 여행에서 벗어난다. 여행

스플리트에서 샀던 엽서를 두브르브니크 부자카페에서 쓰는 중. | 크로아티아

자마다 예산과 시간, 상황이 다르다는 사실을 잊으면 '오버페이스'가 된다.

오버페이스를 늦게 알아차리면 계획했던 것이 물거품이 될 수도 있다. 특히 비용적인 면이나 혹은 체력적인 면에서 그렇다.

중심을 잡는 것은 항상 중요하다. 스플리트 식당에서 만나 나와 함께 한 그들은 여행을 즐기려고 왔다. 직장인과 대학원생 오빠는 돈에 대한 걱정은 전혀 없어 보였으니 아등바등 버텨야 하는 나와 달라도 한참 달랐다.

하고 싶고, 사고 싶고 원하는 것은 많지만 다 가질 수 있는 것이 아니다. 무리해서 따라갈 필요가 없는 것은 알면서도 '남들은 다 하는데 나만 못하는 것 같아서' 라는 마음이 드는 것은 나도 마찬가지다. 그럼에도 자신의 기준에 맞춰서 할 수 있는 것과 없는 것을 나눌 수 있어야 한다.

해야 할 때와 멈춰야 할 때를 아는 것은 어렵지만, 분명히 필요한 일이다. 다른 사람들 대부분이 그렇게 하니까 혹은 나도 그래야 할 것 같아서라는 이유로 움직인다면 여행의 주체인 내가 흔들리는 셈이다.

많은 것을 보고 먹는 것만이 좋은 여행은 아니다. 현재 상황과 조건 안에서 최대한 잘 활용하고 효율적으로 쓸 수 있다면 그것이야말로 속이 꽉 찬 여행이 된다.

내가 가는 여행길에는 엄청난 속도로 달려가는 사람이 있는가 하면 느리게 오는 사람도 있다. 여행지마다 유명한 곳에 들려 잔뜩 쇼핑만으로 캐리어를 채우는 사람도 있고, 하루 끼니를 빵 하나도 버티는 사람도 있다. 제각각 상황이 다르고 목표지점이 다르다. '페이스메이커'가 가능한 '마라토너'가 되려면 스스로 조절하는 능력을 갖춰야 한다. 그것은 오로지 여행자 자신만이 가능한 일이다.

5

누구나 처음은 어설프고 서툴어

여행을 한 지 두 달이 넘어가면서 집에서 가져왔던 옷에 싫증났다. 분명히 세탁해서 입었는데도 빨지 않은 옷을 또 입는 기분이 들고 사진을 찍을 때마다 같은 옷이어서 사진마저 찍기 싫어졌다.

몇 날 며칠을 살까 말까 고민하다 결국 세비야에서 마음에 드는 옷 한 벌과 플랫슈즈를 샀다.

오랜만에 새 옷을 입고 새 신을 신는 기분이 어찌나 좋은지 하루에 2만 보씩 걸어 다녀도 힘이 날 것 같았다.

하지만 현실은 그렇지 않았다. 새 신발은 뒤꿈치에 물집을 남겼다. 그래서 조금만 걸어도 물집이 터질 것같이 아파서 어쩔 수 없이 신발 뒷부분을 구겨 신었다.

신발을 살 때마다 느끼는 것이지만 처음 신어도 원래 신던 신발처럼 편하면 좋겠다는 작은 바람이 있다. 하지만 대부분 내 발은 새 신에 저항한다.

내 발이 새 신을 받아들이고 편해지려면 어느 정도의 시간이 걸린다. 모든 일이 그러하고 혼자 가는 여행 또한 마찬가지다.

P1
P2
E
F

여행 초반에는 기차를 타는 방법에서부터 혼자 구경을 하거나 밥 먹는 것까지 모두 쑥스러웠다. 낯선 사람들과 함께 쓰는 방에서 묵는 것도 이상했다. 게다가 어이없는 실수를 연달아 하니 내가 바보 같다는 생각이 들 정도였다.

기차표를 사러 기차역에 가서 티켓 사는 것을 까맣게 잊은 채 숙소에 빈손으로 돌아온 적도 있었다. 트램 티켓 사는 방법을 몰라서 온갖 불쌍한 표정으로 도움을 받은 적도 있고, ATM기에서 현금을 인출하다가 버튼을 잘못 누르다 다급한 마음에 또 버튼을 잘못 눌러서 몇십 만 원이 갑자기 생겼긴 일도 있었다. 폴란드에서 실수로 뽑은 돈과 체코에서 쓰다가 남은 돈을 유로로 바꾸러 갔다가 체코 돈은 유로로, 폴란드 돈은 체코 돈으로 바꾼 이상한 환전을 한 적도 있고, 구글 지도에서 길 찾기를 하면 트램과 버스가 나오는데 두 개의 아이콘이 헷갈리는 바람에 트램 정류장에서 운행하지도 않는 버스를 기다린 적도 있었다.

이런 식으로 몇 번의 시행착오를 거친 후에는 티켓 사는데도 문제가 생기지 않았다.

도시를 이동할 때마다 처음에는 어딘지 몰라 헤매던 길을 며칠 돌아다니다 보면 지도 없이 돌아다닐 수 있을 정도로 알게 된다. 그곳을 떠날 때가 되었을 때는 지낸 시간이 긴 만큼 친숙해져 떠나는 길이 왠지 섭섭하기도 하다.

‘여행’과 ‘적응’은 어울리지 않는 말이지만, 결국 만날 수밖에 없는 말이기도 하다. 매일 바뀌는 잠자리와 시차는 물론이고 음식이나 물 때문에 탈이나 이것저것 적응해야만 하는 것 투성이다. 그래서 처음에는 누구나 어설프고 서툴다. 결코 내가 어리숙하고 바보 같아서가 아니다.

국토대장정에 참가했을 때도 초반에 그만두겠다는 사람이 수두룩했다. 하루에 5시간이 넘게 걷기란 상상할 수 없을 만큼 힘들고 고되다. 하지만 시간이 지날수록 요령이 생긴다. 걷기 지쳤을 때 팀원들과 함께 노래를 부르며 힘든 것을 이겨내는 재미를 알게 되고, 걷다 지칠 때 50분 걷고 10분 쉬는 것이 얼마나 꿀맛인지, 점심시간 후 낮잠의 달콤함과 야영지로 돌아와 아무렇지 않게 발에 물집 생긴 것을 실과 바늘로 해결하는 것 등 말이다.

필리핀의 대표적인 교통수단 지프니 | 세부, 필리핀

여행에서는 물집뿐만이 아니라 사소한 것 하나하나가 낯설기에 적응해야 할 것이 많다. 시간이 흐르면서 새 신발이 내 발에 맞듯 자연스럽게 편해지는 경우도 있지만 그렇지 않을 때면 상황을 다르게 봐야 한다.

하지만 아무리 시간이 흘러도 적응하지 못하는 것들도 있다. 그것은 여행자이기 때문에 어쩔 수 없다.

미국의 라디오 진행자이자 작가였던 클리프턴 패디먼Clifton Fadiman은 '여행할 때 외국인인 당신이 아니라 그 나라 사람들이 편안하게 설계됐다는 점을 기억하라'고 했다.

때때로 여행자의 입장에서 그 나라 사람들이 사는 집이나 공공장소 혹은 삶의 방식이나 문화적인 것 등을 이해할 수 없다고 느낄 때가 있다. 내 눈에 이상하거나 비효율적이거나 너무 느리게 움직이는 것 같은 이유로 내가 적응할 수 없다면, 그 나라 사람들을 이상하게만 생각할 것이 아니라 그들만의 문화임을 인정하고 넘어가야 한다.

동·서양과 대륙별, 나라마다 교통 시스템, 예약, 시간 개념, 매너 등은 기본이고 그 외 사소한 부분도 다르다.

자기가 사는 곳에서는 모든 생활이 익숙해서 딱히 조심할 것이 많지 않다. 하지만 여행지에서는 다르다. 게다가 혼자라는 이유는 그런 상황에서 더욱 신경을 쓰고 집중하게 된다. 그런 환경에서 처음부터 잘 알고 잘한다는 것은 오히려 더 이상한 일이다.

무엇이든 계속하려면 과정 중에 성취한 것이 있거나 내가 뭔가 잘하고 있다는 기분이 들면 지속하기 쉽다.

처음과 비교해서 조금 나아진 점이 있는지 살펴보는 것도 좋은 방법이다. 그렇지 않는다고 해서 겁내지 말고 시간에 맡겨 봐도 좋다. 속도는 더디더라도 아예 못했던 처음보다는 나아진다.

내가 저지른 실수로 인해 큰 여파가 몰아치거나 혹은 철저하게 준비를 했음에도 불구하고 여행이 다르게 진행된다고 해서 자책할 필요 없다. 다음에는 같은 실수를 반복하지 않으면 그것으로 충분하다.

혼자 여행하면서 적응했던 것들은 앞으로 만나게 될 새로운 환경과 사람에도 적응 할 수 있다는 자신감을 갖는 계기가 될 것이다.

6
쉼은 시간 낭비가 아니다

짧은 여행에서는 자는 시간을 쪼개서라도 빡빡하게 돌아다니려고 계획을 세운다. 그래서 여행자는 주변 환경과 시차 등의 영향을 받아 제때 챙겨 먹기도 어렵다. 왜냐하면, 빡빡한 여행이 길어지면 몸과 마음이 자연스레 지치기 때문이다.

심리학자들의 연구에 따르면 현대인 중에는 '휴식 노이로제'에 걸린 사람이 많다고 한다. 일하지 않고 쉬면, 뭔가 불안하고 나태해지는 느낌이 든다는 뜻이라고 한다.

현대인들은 쉬고 싶어도 막상 쉬면 일을 그르치거나 잘못 될까 하는 걱정 때문에 쉬지 못한다. 나도 그런 편이었는지 여행할 때 몸은 쉬고 있으면서도 마음은 불편한 적이 있었다.

비엔나를 떠나기 전날에 부랴부랴 갈 곳을 찾아 나섰는데 시간이 넉넉하지 않아서 마음이 급해졌고, 식량 삼아 가져온 납작복숭아는 가방에 짓눌려 상하는 바람에 가방에서 썩는 냄새가 났다. 게다가 심한 갈증 때문에 물을 사러 주변 마트를 찾아봐도 마땅히 살 곳이 없어서 몇 발자국을 가다가 다시 바닥에 주저앉았다. 아침부터 무리하게 돌아다니느라 그렇게 된 것이었다.

스페인어로 '오늘의 점심'을 메뉴 딜 디아Menu deldia라고 한다. | 세비야, 스페인

푸드 마켓 토브할렌에서 고른 음식 | 코펜하겐, 덴마크

색다른 음식에 도전하는 것도 여행의 재미! | 코펜하겐, 덴마크

시장에서 파는 다양한 음식 | 오슬로, 노르웨이

나는 절약을 핑계 삼아 여행하는 동안 맥도날드 햄버거로 대충 때우거나 아예 굶었다. 대신, 먹을 기회가 있을 때 한꺼번에 많이 먹었다. 불규칙하게 먹으니 살은 빠졌지만, 밥 대신 더위만 잔뜩 먹어 스페인Spain 그라나다Granada에서 요양기간을 갖았다.

그라나다에서 지내는 닷새 내내 숙소에 누워 있었다. 면역력이 떨어져서 얼굴, 팔, 등에 울긋불긋 열꽃이 피고 가려웠다. 팔이 부어 양팔을 들 수 없었다. 평소에 휴식을 하지 않고 나를 제대로 돌아보지 않아 생긴 일인 것 같아 내 몸에게 미안했다.

여행 중에 아픈 것은 결코 유쾌한 일은 아니다.

피로는 자기도 모르는 사이에 누적된다. 피로와 걱정을 방지하는 방법은 '자주 쉬는 것'이라고 한다.

미 육군은 반복적인 실험으로 군대에서 수년 동안 훈련을 받아 단련된 사람들조차 한 시간에 10분씩 배낭을 내려놓고 휴식을 취하면 더 효율적이고 오랫동안 행군한다는 사실을 알게 됐다. 그 이후로 미 육군은 이런 방침을 계속 이어간다. 나도 이것을 진작 알았더라면 음식도 신경을 쓰고 체력관리를 잘하지 않았을까 하는 아쉬움이 남는다.

휴식이라고 해서 무조건 잠을 자거나 쉬는 것만은 아니다. 몸과 마음이 평온해지는 상태를 '휴식'이라고 할 수 있다. 지친 몸과 마음을 쉬게 할 수 있는 것이라면 자기만의 휴식 방법이 된다.

휴식은 2보 전진을 위한 1보 후퇴다. 쉬는 시간을 결코 아까워해서는 안 된다. 어느 누구도 나의 여행 기간 동안 얼마나 많은 곳을 가고 사진을 찍고 구경했는지에 관심을 갖지 않는다. 부지런히, 더 많이 봐야 한다는 부담감을 내려놓아야 한다.

내가 여행하는 기간에 잃은 것이 있다면 그것은 '체력'이다. 누구보다 튼튼하다고 생각했는데, 조금만 움직이거나 무리를 해도 예전과 다르게 빨리 피곤하고 지쳤다. 그래서 한국에 오자마자 가장 먼저 한 것이 바로 '쌀밥 먹기'였다.

또, 운동을 시작해서 여행하면서 상한 내 몸을 복구하는 데 노력했다. 고생한 몸을 바로 잡고자 끼니도 잘 챙기고 체력관리를 하게 되었다.

끼니를 잘 챙겨 먹고 몸과 마음을 진정시키는 휴식은 더 멀리 정확한 곳을 향해 뛰기 위해 움츠리는 시간이다.

7

필요할 때는 도움 청하기

혼자 여행하는 것에는 많은 부분을 스스로 결정하고 행동해야 한다는 말이 포함되어 있다. 그래서 실수에 대한 책임은 나에게 있다.

때로는 최선의 선택을 하고 싶지만 아무리 노력해도 혼자 힘으로는 어려울 때가 있다. 그런 일은 여행 중에만 일어나는 것은 아니다. 일상생활을 할 때도 내가 할 수 있는 것이 아니거나 혼자서 하기 힘들 때면 다른 사람에게 도움을 구하기 때문이다.

여행하면서 다른 사람 도움 없이 모든 것을 나 혼자 해결할 이유는 없다. 단지 외국어로 부탁해야 한다는 부담감이 있을 뿐이다.

나는 여행 중에 도움을 구할 때 말로 하지 않았다. 다급한 상황에서는 말보다 표정과 몸짓이 앞섰다.

체코 프라하Praha에서 에어비앤비 호스트의 집을 찾아갈 때 트램 번호만 기억한 채 정류장으로 가다 내가 타야 할 트램이 들어오는 것을 보았다.

급히 트램을 타느라 승차권을 사지도 못한 채 일단 탔다. 승차권 없이 트램을 타니 마치 도둑질하는 것 같아 심장이 쿵쾅거렸다.

한참 시간이 지나도 승차권을 검사하지 않아 마음이 느슨해져 창밖을 감상(?)하는 여유까지 생겼다.

그렇게 여유를 부리고 있다 뭔가 이상한 기분이 들었다. 그제서야 내가 반대방향으로 가고 있다는 것을 알았다. 내가 가야 할 곳은 종점에 가까운 곳인데, 현재 내가 있는 곳은 반대방향의 종점에 가까웠다.

부랴부랴 내려서 다시 트램을 타려고 티켓 판매기 앞에 섰는데 티켓 판매기 작동법을 알 수 없었다. 하필이면 내가 있는 곳은 지나가는 사람이 없어 트램이 다시 올까 싶을 정도로 고요한 역이었다.

해는 뉘엿뉘엿 지는데, 호스트와 만나기로 약속했던 시간이 가까워지고 있었다. 휴대전화는 로밍도 안 하고, 유심카드도 사용하지 않았으니 연락할 방법이 없었다.

조금 늦게 도착한다고 연락하지 않으면 호스트는 약속시각부터 나를 기다릴 것이었기에 마음이 급해졌다.

티켓 창구는 문을 닫았다. 주변에 사람이 아무도 없어서 막막하고 불안했다. 웬만해서는 감으로 티켓 정도는 살 수 있을 것 같았는데 도통 알아볼 수 없는 글자와 버튼들이 너무 많았다.

그러다 지나가는 사람을 운 좋게 발견했다. 그들에게 티켓판매기를 가리키며 어디에서 티켓을 살 수 있냐고 물어보니 자기들은 영어를 할 줄 모른다면서 손을 절레절레 흔들었다.

그들이 가자 다른 아저씨가 나타났다. 달려가서 물어보니 이번에도 영어가 통하지 않았다. 티켓 판매기를 손으로 가리켜보고 돈을 보여줘도 소용이 없었다. 결국 아저씨가 발길을 돌려서 떠나려고 하는 순간, 정말 도와줄 사람이 아무도 없다는 생각에 한숨이 나오고 울적해졌다.

아저씨는 내 한숨 소리를 들었는지 가던 길을 멈추고 돌아와 이것저것 눌러보더니 티켓 한 장을 쥐어줬다. 나중에 호스트에게 그 티켓을 보여주면서 어디까지 갈 수 있는 티켓이냐고 물어보니, 가장 멀리 갈 수 있는 비싼 티켓이라고 했다. 아무래도 내가 어딜 가는지 몰라서 물어봤을 것 같은데 말이 통하지 않으니 가장 멀리 갈 수 있는 것으로 사준 것 같다.

다행히 적막이 흐르던 그 역에 내가 타야할 트램이 나타나 무사히 탑승했다. 시내 정류장을 지나서 다시 반대 방향으로 가는 도중, 정거장마다 와이파이를 잡으려고 노력했다. 결국, 지나가는 트램 안에서 맥도날드의 와이파이를 잡아서 호스트에게 늦게 도착한다고 연락할 수 있었다. 그때 그 아저씨가 티켓을 사주지 않았더라면 다시 무임승차를 하거나 호스트가 나를 한참 기다렸을 것이다.

여행 초반에는 웬만큼 급박하거나 중요한 것이 아니면 사람들에게 물어보지 않았다. 아마 정말 중요하거나 긴박한 상황이 아니어서 가능했을 것이다. 하지만 호스트와 약속 시각이 정해져 있어 발등에 불이 떨어진 것처럼 다급할 땐 다른 사람에게 도움을 청했다.

보디랭귀지라고 해도 특별한 것은 없다. 진심으로 도움이 필요한 상황에서는 나도 모르게 그런 표정과 행동이 나온다. 그러니 일단 도움이 필요하면 누군가에게라도 도움을 요청하고 볼 일이다.

오스트리아Austria 잘츠부르크Salzburg에서 있었던 일이다.

잘츠부르크 분위기는 한적하고 조용했다. 호스텔 스텝이 반겨줘서 기분 좋게 들어간 방은 푹신하고 포근한 침구와 넓은 창 덕분에 방 안 가득 햇살이 들었다.

잘츠부르크는 과거 암염광산 지대로 인해 '소금(Salz)의 성(burg)'이란 이름이 붙여졌는데, 현재는 영화 〈사운드 오브 뮤직The Sound of Music〉의 무대이자 모차르트Mozarts의 흔적이 많이 남아 있어서 유명하다.

나는 이곳에 며칠 더 머물고 싶었지만, 다음 여행지의 숙소를 예약해둬서 이틀밖에 머물 수 없었다. 아쉬운 마음에 스스로 '모차르트 데이'를 보내기로 했다. 나만의 모차르트 데이란 하루 동안 모차르트 박물관Mozarts Wohnhaus, 모차르트 생가Mozarts Geburtshaus, 모차르트 디너 콘서트에 가는 코스다.

모차르트는 많은 음악가 중에서 특히 요한 크리스티안 바흐Johann Christian Bach의 영향으로 처음으로 교황곡을 작곡하는 법을 배웠다고 한다. 또, 당시에 파리를 휩쓸던 클라브생Clavecin 음악에서 감명을 받아 이탈리아에서 마르티니Padre Martini 신부에게 지도를 받았다.

비엔나에서는 하이든Franz Joseph Haydn, 바겐자일Georg Christoph Wagenseil, 몬Matthias Georg Monn 등의 음악적 영향을 받았다고 한다. 모차르트는 여행을 통해서 자신의 음악과 삶의 업적을 쌓았다는데, 나는 이번 여행으로 어떤 영향을 받을 수 있을까 하는 생각이 들었다.

잘츠부르크를 여행하며 표정이 말을 대신한다는 것을 느낀 적이 또

모차르트 콘서트 오페라 가수들

있었다.

여행 중 처음이자 마지막으로 거금을 들여 풀코스 정식을 먹었던 모차르트 콘서트에서는 그가 작곡한 오페라를 들으며 식사를 할 수 있었다.

원형 테이블에 빈자리가 있어 합석했다. 맞은편에는 노부부가 있었고 옆쪽으로는 가족이 있었다. 옆자리에 앉은 아저씨는 예쁘게 사진을 찍어주며 내 여행을 응원해주셨다.

맞은편에 앉으신 할아버지는 많은 말씀을 하셨지만, 주변이 시끄럽고 거리가 꽤 멀어서 잘 들리지 않았다. 아무리 귀를 쫑긋 세워도 할아버지가 하는 얘기는 잘 들리지 않았다. 그래서 알아듣는 척하며 가끔 고개를 끄덕이고 생긋 웃기도 했다.

할아버지는 내가 다 이해한다고 생각하신 것인지 이야기가 끝나지 않았다. 결국, 나는 말을 하기보다 경청하고 이해하는 척만 할 수밖에 없었다. 그때 내 표정은 할아버지의 말에 동의하는 것처럼 보였을 것이다.

음식이 나와 할아버지는 잠시(?) 대화를 중단하셨다. 수프와 구운 닭고기, 슈가파우더로 모차르트의 옆모습을 표현한 브라우니가 나왔다. 식사가 끝나니 어느덧 11시가 넘은 늦은 시간이었다. 먼저 자리에서 일어나 숙소로 가는 동안, 대화란 무조건 말을 해야 하는 것만은 아님을 알았다. 최고의 대화 상대는 경청하는 이인데 오늘 내가 그 역할을 제대로 했다는 생각이 들었다. 어쩌면 할아버지는 내가 말을 하기보다 들어주기를 더 바라셨을지 모르니까.

8
확실하게 의사 표현하기

여자 혼자 여행 가는 것은 위험한 사람을 만나거나 혹은 비슷한 상황에서 어떻게 해야 할지 막막하고 무서울 때가 있다. 다른 의도 없이 말을 거는 사람도 많지만, 때로는 나쁜 의도로 접근하는 사람도 있기 때문이다.

나 역시 돈이나 카메라 등 귀중품을 도난당하거나 잃어버리지 않으려고 나처럼 혼자 여행 다녀온 사람들의 이야기를 찾아본 후에야 유럽으로 떠날 수 있었다. 가끔 시간이 날 때면 여행자들이 실시간으로 올리는 여행 정보나 후기를 찾아보기도 했다.

나는 유럽 여행할 때 그곳에 사는 사람으로 보이려고 했다. 그래서 마치 잠깐 친구 만나러 가거나 카페에 가는 것처럼 항상 작은 숄더백을 메고 팔로 자연스레 덮었다. DSLR은 무조건 가방에 넣고 다녀서 그랬는지 소매치기나 사기를 당한 적은 없지만, 눈 뜨고 코 베인 적은 있다.

로마 지하철역에서 있었던 일이다. 이미 여러 나라의 티켓판매기를 경험해봤으니 조금만 살펴보면 지하철 표를 사는 데 큰 문제는 없을 것 같았다. 그래서 내가 갈 곳의 티켓을 사려고 조목조목 보고 있는데, 옆에 있던 사람

그라나다 숙소 근처에 있던 독특한 건물 | 스페인

이 도와주겠다는 눈치로 다가왔다.

가만히 서 있으니 내가 들고 있던 동전을 기계에 넣어줬다. 지하철 1회 탈 수 있는 티켓과 거스름돈도 나왔다. 티켓을 꺼내려는데 도와주던 사람이 잽싸게 거스름돈을 챙겨 달아났다. 순식간에 일어난 일이라 황당했지만 그나마 티켓은 사게 해주고 거스름돈만 가져갔으니 다행이라고 생각했다.

스페인 그라나다에서 길을 헤맨 적이 있었다. 그때 내가 두리번대서 길을 잃은 것처럼 보였는지 어떤 사람이 먼저 다가와서 길을 알려줬다. 덕분에 쉽게 찾게 돼서 고맙다고 인사를 하고 가려고 했다. 그런데 갑자기 자기 볼을 내밀었다. 왠지 서양식 인사로 볼 뽀뽀를 하려는 것 같았는데 나는 내키지 않았다. 그래서 손을 내저으면서 가려고 하는데 마치 원래 이렇게 해야 한다는 식으로 다가왔다. 상황이 민망하고 어이없어서 하하 소리내 웃으며 빠르게 걸어갔다. 한번 그런 일을 겪고 나니 앞으로도 은근슬쩍 접근하는 사람이 있을 것 같았다.

프랑스 아를Arles에서도 똑같은 방법을 쓰는 사람이 있었다. 그때는 웃음이 싹 가신 얼굴로 단호하게 'NO!' 라고 했다. 짧은 시간 내에 정신차리고 'NO!' 라고 할 수 있었던 것은 여행 중에 알게 된 외국인 친구의 말이 생각나서다.

그 외국인 친구와 같은 호스텔에서 만나 친해졌는데, 그 친구는 내가 'NO' 라고 말할 때마다 따라 했다. 왜 그러냐고 물으니 'NO' 가 진짜 같지 않고 장난스럽게 들린다고 했다. 아무래도 한국말의 억양이 살짝 남아있어서 그런지 그들이 듣기에 'NOOO~' 처럼 말끝이 늘어지게 들린다고 했다. 그래서 서양에서는 어떻게 하는지 물어봤다. 그러자 짧고 강하게 'NO' 라고 했다. 확실히 단호하고 확실하게 의사 표현을 하는 것 같아서 내가 하는 'NO' 와 달랐다. 그런 단호함이 필요한 순간이었다.

그 외에도 같은 기차의 맞은편에서 노골적으로 쳐다보는 사람과 길을 갈 때 알아들을 수는 없지만, 기분 나쁜 말을 하는 사람도 만났다.

여행 초반에는 그런 일이 있어도 내가 예민한 것 같아 그냥 웃고 넘겼다. 하지만 이대로 지내다간 점차 원치 않는 것을 얼렁뚱땅 넘기는 상황을 겪을 것 같았다.

그 외에도 루마니아에서 크로아티아를 가는 일정에 차질이 생긴 적이 있다. 원래대로라면 세르비아 베오그라드역에서 내리자마자 바로 크로아티아의 자그레브로 가는 야간열차를 타야 했다. 그래서 야간열차로 갈아타려고 베오그라드역에 내렸는데, 이상하게도 너무 작고 허름한 역에 도착한 것이다.

이렇게 작은 역에 야간열차가 지나가긴 한 걸까 의아했다. 직원이 말하길, 내가 도착한 역은 베오그라드Beograd 노스North역인데, 내가 타야 할 열차는 베오그라드Beograd 센트럴Central 역에 있다고 했다. 나는 한국으로 치자면 용산역에 내려서 서울역으로 다시 이동해야 하는 상황이었다.

티켓 창구에서 줄 서느라 이미 십 분 정도 지났다. 세르비아에서는 1박만 할 계획이어서 가진 돈이 한 푼도 없었다. 그래서 아저씨에게 센트럴 역에 가는 방법을 물었다.

아저씨는 버스를 타면 한 번에 가는데, 지금은 차가 막혀 제시간에 도착하지 못 할 수도 있다고 했다. 내가 버스 탈 돈도 없다고 하니 돈을 바꿔주겠다고 해서 5유로를 주고 500디나르Dīnār를 받았다.

부랴부랴 택시를 탔는데 하필 버스정류장에 있던 외국인들도 센트럴 역을 가기 위해 버스를 기다리고 있었다. 내가 탄 택시의 운전기사가 창문을 내려 정류장에 서 있던 사람들에게 말을 걸었다. 내가 외국인이니 내 의견 따위는 묻지도 않고 합승하려고 했던 것 같았다.

그런데 환전을 해준 아저씨가 현재 있는 곳에서 기차역까지 500디나르 정도가 나올 것이라고 했다.

택시 기사는 이왕 센트럴 역까지 가는 김에 나 말고 다른 사람과 합승해 500디나르를 받고 태우려고 했다. 그러나 그들은 500디나르를 차비로 쓰면

저녁 먹을 돈이 없다며 거절했다. 그러자 택시 기사가 500디나르에서 400디나르, 400디나르에서 300디나르로 가격을 낮춰 부르며 그들과 가격을 흥정하는 순간 난 더 이상 택시 아저씨의 흥정을 참을 수 없었다.

하루에 한 대밖에 없는 크로아티아 자그레브행 야간열차를 타기 위해선 지금 당장 출발해야 했다. 택시 기사는 뒷자리에 있는 나보다 다른 승객마저 더 태울 욕심에 출발조차 하지 않았다. 그날 나는 열차를 놓치면 묵을 곳도 없는 상태였다.

나는 엄청 급하니까 당장 출발해달라고 정색하면서 큰소리로 말했다. 처음과 다르게 단호한 태도에 택시 기사도 상황을 파악했는지 그 아저씨는 한국의 총알택시만큼 빠르게 차들을 헤쳐 갔다.

나는 뒷자리에서 도착하자마자 바로 뛰어나갈 채비를 마치고 전 재산 500디나르를 손에 꼭 쥐고 있었다.

택시 미터기는 500디나르가 넘게 찍혔지만, 아저씨가 미안했는지 500디나르만 줘도 된다고 했다.

전속력으로 역 창구로 가서 줄을 서니 이번에는 다른 고민이 생겼다. 현금이 없어서 카드로 결제를 해야 하는데 혹시 카드 결제가 안 될까 봐 걱정됐다. 그래서 같이 줄을 서 있던 커플에게 이 역에서 티켓을 구매한 적이 있는지, 여기에서 카드로 결제를 할 수 있는지 물어보며 애를 태웠다.

간신히 기차표를 구입하고 크로아티아에 갈 수 있었다. 생각해보니 5유로는 6디나르 정도의 가치인데, 센트럴 역에서 만난 아저씨는 나에게 높은 환율로 바꿔준 것이다. 게다가 택시비는 유로로 내도 되는데, 디나르로 바꿔

내는 수고를 했다는 것을 나중에 깨달았다. 무사히 도착해서 다행이었지 아무 말도 못 하고 흥정이 끝나기만을 기다렸다면 야간열차에 못탔을 것이다.

내 여행의 주도권을 내가 가지려면 상대방에게 주도권을 넘겨줘서는 안 된다. 확실하게 의사 표현을 해야 할 때는 미소나 친절도 잠시 접어두어야 한다.

Part 5

알고, 배우고, 느끼고

1
나만큼 '남'을 사랑하는 사람이 되다

어릴 적에 『행복한 이기주의자』라는 책을 감명 깊게 읽었다. 이 책을 읽은 후에는 '나'를 위해 남을 배려하지 않거나 남에게 피해를 주는 것이 아니면 '나'를 먼저 생각하게 되었다.

그렇다고 해서 내 행복만 중요한 것은 아니다. 다른 사람에게 배려 없는 이기주의자는 되고 싶지 않다. 그래서 불편한 행동이나 마음에 실례가 되는 말은 나 또한 하지 않으려고 노력한다.

행복한 이기주의자가 되는 것이 좋았던 내가 혼자 여행을 하면서 너무 이기적이지 않았나 돌아본 사건이 있다.

엄마가 여행 중인 내게 프랑스France 남서부에 위치한 루르드Lourdes에 가면 성수를 받아달라고 했다. 그래서 이곳에 가서 엄마에게 성수를 택배로 보낼 계획이었다.

루르드의 마사비엘 동굴Grotte de Massabielle은 가톨릭 교회가 공식 인정한 성모 발현지로, 그곳의 샘물은 질병을 치유하는 힘이 있다고 알려져 많은 환자가 찾는 곳이기도 하다.

늦은 시간에도 마사비엘 동굴을 찾아온 사람들. | 루르드, 프랑스

그곳으로 가기 전에는 프랑스 내 어딘가에 있겠지라는 생각으로 위치 확인을 하지 않았었는데, 막상 출발하니 스페인 국경과 맞닿은 곳이었다. 결국, 니스Nice에서 파리Paris를 가기 전에 루르드에 들리려고 하루종일 기차를 탔다.

루르드는 파리 다음으로 숙소가 가장 많은 곳이라고 들었는데 기차역에 내리니 선물과 기념품을 파는 곳도 숙소만큼이나 많았다.

숙소 주인아저씨는 스페인 산티아고Santiago로 봉사활동하러 간 적이 있었는데, 그곳에서 정말 많은 한국인을 만났다고 했다.

내가 숙소에 도착한 날은 비가 온 뒤라 조금 쌀쌀했다. 주인아저씨는 뒷마당에서 직접 키우는 페퍼민트 잎을 툭툭 떼어 만든 차를 내어주셨고, 종이에 루르드와 동네의 대략적인 모습을 그려서 설명해주셨다.

그 숙소에는 개인실이 많았는데, 나처럼 혼자인 사람이 자주 찾는 곳이라고 했다. 그래서 매년 이곳을 찾아오는 사람들이 꽤 있어서 몇 명은 주인아저씨와 친해 보였다. 그중에서도 영국 리버풀에서 온 친구가 기억에 남는다.

그 친구는 할머니의 죽음을 애도하기 위해 봉사하러 왔다는데 자기 휴가 기간에도 놀기보다 다른 사람을 위하는 마음이 감동적이었다. 그 친구를 통해 슬픔을 기억하고 사람을 기억하는 방법이 봉사일 수도 있음을 알게 되었다.

비가 오는 날에도 촛불을 켜고 광장을 돌며 기도하는 사람들. | 루르드, 프랑스

다음 날 아침. 그 샘물에 몸을 담그는 침수沈水 예식을 치르기 위해 갔다. 세계 각지에서 300만 명이 넘는 순례자가 찾아오는 곳이지만, 내가 갔을 때는 사람이 적어서 몇 명의 대기자밖에 없었다.

나는 대기하면서 영어로 된 안내서를 받았다. 안내서를 들여다봐도 완벽하게 이해할 순 없었지만, 예식을 도와주는 분들께서 침수 예식을 치를 때 내가 하고픈 말이나 원하는 것을 기도하면 된다고 했다.

일렬로 놓인 의자에 앉아 칸칸이 나뉜 공간에 순서대로 들어가려고 기다리고 있는데, 갑자기 알아들을 수 없는 말과 울음과 구토 소리가 엉켜 들렸다. 무슨 일인가 싶어서 깜짝 놀랐다.

대장 같아 보이는 봉사자는 그 소리가 나는 칸으로 들어갔다. 다른 봉사자들은 서로 눈빛을 교환했다.

이상한 소리가 잦아들고 내 차례가 되었다. 평온하고 차분할 줄 알았는데, 옷을 갈아입고 예식을 준비를 하다 보니 아까 들었던 그 소리가 바로 옆에서 들렸다.

이번엔 아까보다 더 심하게 울부짖는 소리였다. 직접 보지는 못해도 계속 소리만 들리니 겁이 나고 무서웠다.

이번에는 각 방에 있는 봉사자들이 함께 기도했다.

그때 어떤 봉사자가 떨리는 내 어깨를 부드럽게 감싸며 괜찮다고 안심시켜줬다.

나는 내 앞에 놓인 욕조에 들어가기 전에 나와 가족, 가까운 사람을 위해 기도했다.

국적이나 인종 차별없이 봉사하는 사람들의 모습 | 루르드, 프랑스

기도를 마치고 봉사자의 도움을 받아 욕조에 들어가려다 물이 너무 차가웠다. 그래서 욕조에서 나와 신발도 제대로 신지 못한 채 방을 나가는 나에게 천천히 다 준비하고 나가라고 말했다.

봉사자의 눈빛에서 사랑이 느껴졌다. 여기에 계신 분들은 모두가 평온하고 따뜻해 보이는지 말로 표현할 수 없는 느낌이었다.

침수 예식을 마치고 밖으로 나오니 휠체어와 이동 침대를 끄는 봉사자들이 지나갔다. 그 봉사자들을 보니 내가 했던 기도가 너무 이기적인 것 같았다. 지금 내 앞에는 자기를 위한 봉사가 아닌 다른 이들을 위해 도움주고 봉사하는 사람들이 있는데, 나는 나와 가까운 사람의 행복을 빌었다는 것이 너무 부끄러웠다. 여기 있는 많은 사람과 맞지 않게 나만 속 좁은 기도를 한 것 같았다.

갑자기 눈물이 펑펑 났다. 평소에 잘못한 것이 많아서 그런건지 양심에 찔려서 그랬는지 모르겠다.

루르드에 도착한 날 엄마가 말하길, 내가 고등학생일 때 '엄마, 나는 이기적이지 않고 이타적인 삶을 살 거야.' 라고 했단다. 나는 전혀 기억나지 않는데 말이다.

엄마에게 말은 못했지만, 지금보다 어린 나이에 그런 마음을 가졌다는 것이 놀라웠다.

대성당 앞에서 기념사진 찍는 사람들 | 루르드, 프랑스

나는 갑자기 엄마가 그 말을 왜 했는지 이상했다. 하필이면 침수 예식을 했던 날에 들으니 이 모든 것이 하나의 완성품 같았다. 내가 까맣게 잊고 살았던 중요한 것을 다시 알게 된 것이다.

부끄럽지만 나는 학교에서 의무적으로 했던 것을 제외하면 봉사를 제대로 한 적이 없었다. 남을 위하는 것보다 내가 더 잘 살기 위해 집중했다. 내가 잘 돼야 부모님에게 잘할 수 있다는 책임감도 한몫했다.

침수 예식을 했어도 여전히 나는 나와 내 사람들이 우선이다. 하지만 언젠가 나도 나만큼 다른 사람의 행복을 진심으로 빌어주고 그럴 수 있게 돕고 싶다는 생각을 하게 됐다.

침수 예식할 때 만났던 봉사자들을 떠올리니, 그들의 얼굴에는 내가 어려운 이웃을 돕는 것이 행복하고, 내 행복으로 인해 다른 사람도 행복할 수 있어 다행이라는 표정이 역력했다.

내가 당장 남을 위해 살 수 있는 사람이 되기는 어렵겠지만 그날 이후로 나는 나만큼 타인을 사랑하고 잘되길 바라는 마음을 더 넓게 갖기로 했다.

2
일상의 그리움과 소중함을 알게 되고

언제나 여행 가기 전은 설렌다. 100일간의 유럽 여행을 떠나기 전에도 비슷한 생각이었다. 기회가 된다면 더 오랫동안 여행하고 싶었다. 이왕 나선 김에 지구 한 바퀴를 돌거나 세계 일주를 하는 것도 좋을 것 같았다.

그러다 혼자 유럽을 다니면서 혼자 하는 여행하는 것에 익숙해지고 즐거웠지만, 왠지 모르게 한국에서의 생활이 떠올랐다.

여행 초반에는 숙소에 도착하면 가방만 내려놓고 밖으로 나가서 돌아다니고 사진으로 여행 흔적을 남기느라 바빴는데, 여행을 계속하면서 사진 찍는 시간과 돌아다니는 시간이 줄었다. 체력이 많이 떨어진 것도 이유가 되겠지만, 마냥 좋을 줄만 알았던 유럽이 어느 순간 익숙해지니 식상하게 느껴졌다.

유럽 어느 나라를 가도 비슷한 건물과 비슷한 분위기라는 생각이 들었다. 대부분의 시간을 숙소와 시내 근처를 구경하면서 보내니까 더욱 그런 생각이 든 것 같다.

한국으로 돌아갈 날이 한 달도 남지 않았을 때는 빨리 집에 가고 싶었다.

한국에 돌아가면 하고 싶은 것들을 노트에 적으며 내심 여행 마지막 날을 기다렸다. 소소하고 평범한 일상이 그리워졌다.

한국에서 이리저리 바쁘게 보냈던 일상이 그리울 것이라고는 여행 전에 결코 상상하지 못했다. 그렇게 가고 싶었던 여행을 하고 있으면서 왜 일상으로 돌아가고 싶은 것인지 이해되지 않았다.

아무리 좋은 것이라도 계속하면 그 소중함을 몰라봐서 그런 것일까? 그렇다고 한 달 남짓 남은 시간을 대충 보낼 수는 없었다.

몸은 유럽에 있으면서 마음은 한국에 있으니 몸과 마음이 따로 노는 상태였다. 그렇게는 여행을 하는 것도 아니고 안 하는 것도 아니었다. 차라리 한

니스에 머물 때 매일 찾아갔던 음식점 | 니스, 프랑스

국으로 돌아가는 날이 정해져 있었기에 다행이었다. 돌아갈 날이 정해지지 않았더라면 언제 돌아갈지 꽤 오래 고민했을 것이다.

그러던 중, 프랑스 니스에서 머물게 되었다. 숙소에서 멀지 않은 곳에 중국 음식점이 있었다. 그래서 매일 그곳에서 밥을 먹었다. 10유로 정도면 고봉밥과 각종 중국 음식 중에 3개를 선택해서 먹을 수 있었다.

매일 가니 직원이 알아봐서 민망하기도 했지만, 음식을 고를 때마다 오클랜드에서 아르바이트했던 곳이 생각났다. 그곳에선 나도 손님들이 원하는 음식을 덜어주고 계산하는 일을 했었기 때문이다.

함께 간 대원들과 3개월의 기간이 끝난 후에 캠핑카를 타고 뉴질랜드를 이루는 두 섬 중의 하나이자 세계에서 12번째로 큰 섬인 남섬South Island에 간 적이 있다. 그동안 지냈던 북섬North Island의 오클랜드Auckland와는 다른 분위기였다.

오타고 대학Otago University이 있는 더니든Dunedin, 6.3의 강진으로 도시를 재건 중이었던 크라이스트처치Christchurch, 평화로우면서도 다양한 액티비티를 즐길 수 있는 퀸스타운Queenstown을 여행한 것을 제외하면 따로 여행 간 적이 없었다.

그때로 돌아갈 수만 있다면 가능한 한 많은 곳을 다니고 싶었다. 또, 공부도 더 많이 하고 더 많은 친구도 많이 사귀고 싶었다. 지나간 일에는 아쉬움이 남는다.

'그때로 돌아갈 수만 있다면…….' 이라고 상상해본 것은 이번만이 아니었다. 그렇다면 지금 이 여행 또한 시간이 지난 후에는 미치도록 돌아가고 싶은 순간이 될 것이었다. 그런 생각이 드니 가만히 앉아 돌아갈 날짜만 세고 있을 수는 없었다.

일상이든 여행이든 시간은 흐른다. 지나간 시간을 그리워할 수 있지만 아쉬움을 남기고 싶지 않다. 살짝 지겨워진 이 여행을 다시 새로운 마음으로 볼 수 있었던 것은 바로 곧 과거가 될 지금 이 순간에 충실하기로 다짐하는 것이었다. 그렇지 않으면 훗날 지금이 또 아쉽거나 그리운 순간이 될 테니 말이다.

일상에서는 여행을 꿈꾸고, 여행에서는 일상을 그리워하니 순간의 소중함을 알게 되었다.

우리 인생의 가장 많은 부분이 일상생활인데, 여행을 꿈꾸고 기다리며 산다면 조금 슬픈 일일 것이다.

3
역사에 대한 공부가 필요해

여행을 하면서 민망하고 부끄러웠던 기억을 꼽자면, 우리나라 역사에 대해 몰라서 대답하지 못한 날이다.

헝가리 부다페스트 메기네 집에서 머물 때 말린 라벤더와 로즈메리를 주머니에 넣고 리본을 묶으며 포푸리를 만들었다. 포푸리를 만들며 이야기를 나누는데 메기가 『Escape from Camp 14』라는 책을 가지고 나왔다.

메기는 그 책을 읽으면서 북한에 대해 알게 되었다고 했지만, 나는 처음 보는 책이었다.

여행하면서 만난 사람들은 내가 한국에서 왔다고 하면 한국 어느 쪽에서 왔냐고 물어보았다. 그럴 때마다 외국인 우리나라가 분단국가라는 것을 아는 게 신기했다.

나는 메기에게 우리나라가 한국전쟁을 겪은 뒤 위도 38도 선에 맞춰 나뉘었다고 알려줬다. 한때는 금강산 관광이 허용되었지만, 지금은 불가능하다고 했다. 그러자 메기는 나에게 몇 년도에 전쟁했는지 물어봤다. 정말 부끄럽지만 나는 그때까지 한국전쟁이 몇 년도에 일어났는지 모르고 있었다. 그

이준 열사 기념관에 관심을 보이는 길 가던 사람들. | 헤이그, 네덜란드

래서 잠시만 기다려보라고 하고 인터넷을 검색해서 알려주었다.

이번에는 우리나라의 인구가 어느 정도 되냐고 물어봤는데, 아주 많다고 대답한 후 또 검색해서 알려줬다. 검색할 때마다 얼굴이 빨개진 것은 비밀이다.

네덜란드Netherlands 헤이그Hague에서 이준李儁 열사 기념관에 간 적이 있다. 이 기념관은 원래 드용De Jong 호텔로, 이준 열사가 투숙했던 곳이다.

기념관이 있는 곳이어서 조용할 줄 알았는데, 길거리에는 생각보다 많은 사람이 지나가고 대형 쇼핑몰도 있어서 시끌벅적했다.

기념관 1층에서 초인종을 누르니 문이 열렸다. 떨리는 마음으로 가파르고 좁은 계단을 올라갔다.

계단을 올라 입장했을 때 송창주 관장님께서 한 부부에게 설명을 해주고 계셨다. 나도 슬그머니 껴서 설명을 들었다.

그런데 이준 열사가 순국한 방에서 아직 어떤 이유로, 어떻게 순국하게 되었는지 정확한 이유를 모른다는 설명을 들었을 때에는 조금 충격적이었다. 나라를 위해 목숨까지 바친 사람의 죽음에 대해 백 년이 넘게 시간이 흘렀어도 아직 그가 죽은 동기나 이유를 알지 못한다는 것은 우리 모두 무관심했던 것은 아닐까 하는 생각이 들었기 때문이다.

예전에 나라가 힘이 없어서 당했던 역사를 아직도 우리에게 힘이 없으니

뭉클한 마음으로 이준 열사 기념관에서 찍다. | 헤이그, 네더란드

아픈 역사가 이어지고 있다는 관장님의 말에 나도 모르게 울컥했다.

나는 설명을 듣다 조용히 나와 혼자 기념관을 둘러보았다. 기념관은 넓지는 않아도 방마다 헤이그 특사의 파견 배경과 이동 경로, 헤이그 특사 소개, 이상설 열사의 방 등으로 나뉘어 있었다. 많은 조사와 연구의 바탕이 된 책들은 물론이고 전시실에 있는 것 모두가 귀중한 역사적 자료였다.

폐장 시간이 지난 지도 모르고 기념관을 둘러보고 있는데, 뭔가 이상한 기분이 들었다. 그래서 고개를 돌려 뒤를 보니 기념관에는 나와 조용히 나를 기다려주는 사람밖에 없었다.

아마 기념관 문을 빨리 닫는 것보다 젊은 사람에게 역사를 알리고 관심을 갖게 하는 것이 더 중요하다는 것을 아시는 분 같았다.

조용히 기념관을 나서는 나에게 송창주 관장님은 젊은이들일수록 우리의 역사를 잊으면 안 된다고 강조하시며, 앞으로도 많은 관심을 가져달라고 신신당부하셨다. 관장님 말씀을 들으니 가슴이 뜨거워졌다.

외국에서 우리 역사를 알리는 사람이 있는가 하면 나처럼 잘 모르는 사람이 있다는 사실에 너무 부끄러웠다. 내가 내 나라 역사를 모르는 것이 이렇게 부끄러울 줄이야!

다음날 암스테르담Amsterdam에 있는 안네 프랑크의 집Anne Frank's House에 갔는데, 입장객이 많아 한 시간 넘게 기다렸다.

드디어 입장료를 결제하려는데, 카드기에 문제가 있다며 현금을 요구했다. ATM기가 어디 있는지도 모르고 다시 긴 줄을 서야 한다는 생각에 일단

1942년부터 1944년까지 안네 프랑크가 숨어 살았던 집. 다락방과 안네의 일기 등이 보존되어 있다.
| 암스테르담, 네덜란드

가방을 뒤져서 동전이란 동전은 다 꺼냈다. 9유로를 내야 하는데 그만큼 가방에서 굴러다니는 동전이 있을 리 없었다.

열심히 가방을 뒤지는 나를 보더니 그 직원이 4.5유로를 달라고 했다. 알고 보니 10세~17세까지 청소년 요금이 4.5유로였다.

직원 덕에 청소년 요금을 내고 간신히 들어갈 수 있었다.

안네가 살던 집은 안네가 살던 모습 그대로 박물관이 되었는데, 좁고 가파른 계단은 어제 갔던 이준 열사 기념관과 비슷했다.

가파른 계단을 걸을 때마다 삐그덕거리는 소리가 났다. 그곳에는 안네의 목소리와 비슷한 목소리를 가진 소녀가 문장을 읽어주는 시청각 자료도 있었다.

이곳은 이준 열사 기념관과 다르게 최신식으로 꾸며져 있고 옆 건물까지 확장해서 넓게 사용하고 있어 관람객도 많았다. 이준 열사 기념관도 안네 프랑크의 집처럼 보존이 잘 되고 유명해져 더 많은 사람이 찾아가기를 바랐다. 하지만 한국에서 멀리 떨어진 이곳에 이준 열사를 기념이 있다는 것만으로도 다행이라 여겼다.

약소국弱小國에서 태어나 타국에서 돌아가신 이준 열사의 정신을 잊지 않고 이준 열사 기념관을 역사문화영토로 굳건히 지키고자 노력하신 분들이 더 대단하다고 생각했다.

안네의 집을 나오기 바로 전 짧은 영상을 볼 수 있는 곳이 있었는데 그곳에서 어떤 여자가 하염없이 눈물을 흘리는 것을 보고 있자니 내 마음도 뭉클했다.

여행하다 보면 종종 역사적인 장소에 가게 된다. 폴란드 아우슈비츠Auschwitz 수용소 건물 벽에는 '역사를 기억하지 않는 자는 다시 그 일을 반복하게 된다'는 문구가 있다. 이준 열사 기념관, 안네 프랑크의 집, 아우슈비츠 수용소 모두 다 역사를 잊지 않고 기억하려는 노력이 담긴 곳이었다.

한국과 서울 가이드북 발견! | 런던, 영국

비록 내가 대단한 일을

할 수는 없지만, 우리 역사를 알고 있고, 현재 중요한 이슈에 대해 관심을 가져야 함을 깨달았다.

유럽 여행을 하면서 런던에 있는 지도 전문 서점에 들렀을 때 마음에 드는 한국 가이드북이 있어서 덥석 사버렸다. 그것을 보면서 영어공부도 할 겸 우리나라를 영어로 설명하는 데 큰 도움이 될 것 같아서다.

나는 여행지에 대한 문화나 역사를 공부하는 것만큼이나 우리나라에 대해서 알아야 하니 조만간 한국사를 공부할 예정이다. 그래서 다음 여행에서는 우리 역사에 대해 조금 더 당당해지고 싶다.

4
주변 사람의 소중함

혼자 여행하다 보면 좋아하는 사람들이 생각난다. 특히 예쁘고 경치 좋은 곳에 있거나 맛있는 것을 먹으면 더욱 그렇다.

나도 가족이나 친구와 함께 하는 여행을 좋아한다. 혼자일 때는 느낄 수 없었던 즐거움과 같이 여행했다는 끈끈한 동지애로 더욱 친해질 수 있기 때문이다.

덴마크Denmark 코펜하겐Copenhagen의 티볼리Tivoli 공원에 갔을 때 그랬다.

그곳은 세계에서 가장 오래된 놀이공원으로, 밤이 되면 호수와 놀이기구 그리고 약 850그루의 나무를 밝히는 조명들로 반짝인다.

그런 곳에 혼자 있자니 놀이기구를 타고 싶은 마음이 들지 않아 놀러온 사람들을 구경하게 되었다.

주변을 둘러보아도 나처럼 혼자 온 사람은 도통 보이지 않았다. 대부분 가족, 친구, 연인들이 함께 시끌벅적한 시간을 보내는 것 같았다. 오붓하게 함께 사진을 찍는 사람들을 구경하고 있으니 부러웠다.

이런 장소에는 친구들과 함께 오면 좋을 것 같았다. 매번 혼자 벤치에 앉아있었지만 그날따라 놀이공원 벤치에 앉아 있는데 쓸쓸하고 외로웠다.

혼자 여행을 하면서 '나'에 집중하고 알아가는 시간이 많아졌지만, 매번 그런 것은 아니다. 마음상태에 따라, 어떤 사건이 있거나 장소에 가면 주변 사람들이 자연스레 떠오른다.

혼자 있으면서 사람의 소중함을 알게 되었다. 나를 응원해주고, 먼저 연락해주고, 챙겨주는 사람들과 멀어진 채 여행을 하고 있기 때문이다.

사람의 소중함을 알게 된 계기가 있다. 헝가리 부다페스트 메기 집에서 머물 때 메기의 딸이 루마니아Romania에서 기차를 타고 돌아올 시간이 지났는데도 연락이 없었다.

한참 연락이 없어 메기가 전화를 해도 받지 않아서 메기와 나는 그녀를 기다리며 저녁을 먹을까 말까 고민하다가 결국 둘이 먹었다.

유럽의 3대 야경 중 하나인만큼 밤에도 밝게 빛나는 곳 | 헝가리, 부다페스트

시끌벅적한 분위기를 함께 즐기고 기념사진 찍는 그들이 부러웠던 날 | 코펜하겐, 덴마크

계속 연락이 없는 상태로 날은 어두워졌다.

메기는 집 앞 버스정류장에 버스가 도착하는 소리만 들리면 그쪽을 바라보며 딸이 내리는 것은 아닌지 귀를 기울였다. 그 모습을 보니 엄마가 자식을 생각하는 마음은 다 그럴 것 같았다.

딸을 기다리는 메기의 모습을 보며 내가 고향에 갈 때 나를 기다리는 부모님의 모습이 그려졌다. 내가 어디에서 무엇을 하고, 건강하고 안전하기를 가장 많이 바라는 사람이 부모님인 것을 알기에 너무 고마웠고 혼자 세상 곳곳의 좋은 곳을 다닌 것도 미안했다.

특히 프랑스 루르드를 가장 가고 싶었던 사람은 내가 아니라 엄마여서 엄마가 직접 가보면 얼마나 좋아할까 싶었다.

오스트리아 할슈타트에서 체코 프라하로 가는 벤에서 함께 간 가족을 봤을 때나 파리의 민박집에서 같은 고향 분들을 만났을 때도 그랬다. 이렇듯 다른 여행자를 보면서도 내가 혼자인 것을 실감하고 주변 사람을 떠올리게 되었다.

여행 중에 틈틈이 먼저 연락해준 사람들에게도 고맙다.

건강은 어떠한지 밥을 잘 먹고 다니는지 물어봐 주는 사람들 덕분에 여행 중에 쌓인 이야기와 고민거리를 털어놓을 수 있어 다시금 사람의 소중함을 느낄 수 있었다.

한번은 뒤집힌 피부 때문에 이탈리아의 한 병원 응급실에서 초조하게 기

세계에서 가장 오래된 놀이공원인 티볼리 공원. 이 공원을 밝히는 조명은 사람들에게 환상적인 느낌을 준다.

다리고 있을 때 한국에서 알고 지낸 분과 연락이 닿았다. 지인 중에 피부과 의사가 있다며 내 사진을 보여주고 어떤 경우인지 대신 물어봐 주셨다.

다행히 피부병이나 큰 문제는 아니라고 알려주신 덕분에 이탈리아 의사에게 설명을 제대로 못 들었어도 내가 왜 아픈지 안심할 수 있었다. 또, 가장 친한 친구는 매일 연락을 하면서 나를 대신해서 정보를 알려줘서 내가 지치고 힘들 때 기댈 수 있었다.

혼자서 여행하면 '외롭지 않냐' 혹은 '심심하지 않냐'는 질문을 많이 받는다. 결코 외롭지 않다고 말할 수는 없다. 외로움을 느끼는 만큼 그 자리를 채워주었던 분들을 떠올릴 수 있었기 때문이다.

더불어 소중한 그분들에게 나는 어떤 사람이었는지 되짚어보게 되었다. 너무 많은 것을 받으면서도 내가 돌려준 것은 있는지 생각해봤다. 어떤 이유로는 나를 좋게 봐주고 믿어주는 사람들 덕분에 나에 대한 믿음이 흔들려도 이겨낼 수 있었다. 그래서 여행을 끝나고 돌아가서는 예전보다 더 귀한 인연으로 생각하기로 했다.

유럽 여행을 끝내고 한국으로 돌아가기 전에 홍콩과 마카오에서 며칠 머물렀다. 100일간 메고 다닌 배낭을 내려두고 홍콩 야시장에서 큰 캐리어를 하나 샀다. 그리고 내가 무사히 여행할 수 있게 도와주신 고마운 사람들의 이름을 쓰고 선물을 샀다. 작지만 감사함을 표현할 수 있어 다행이라는 생각이 들었다.

5
모든 것에 감사하고 행복하다

2015년 6월 29일. 유럽 여행하는 날이다. 원래는 5월에 떠나려다 다니던 회사에 후임자가 구해지지 않아서 한 달 뒤에 출발하기로 했다.

내가 유럽으로 떠날 때 다른 사람들도 유럽을 많이 찾는 기간이어서 여러모로 항공권이 비쌀 것 같았다. 그래서 가장 저렴한 항공권을 골랐더니 중국 베이징Beijing을 경유해 독일 프랑크푸르트로 가는 항공사 티켓을 살 수 있었다.

인천에서 베이징으로 가는 비행기에서 처음으로 가이드북을 펼쳐 두고 '예산' 파트를 봤다. 책에서는 절약하는 여행자 기준으로 1일에 45유로의 비용이 필요하다고 했다. 45유로(1일 비용) * 90 = 4,050유로가 필요한데, 당시 가진 돈이 1,269유로였으니 하루에 13유로만 써야 하는 꼴이었다.

더 충격적인 사실은 계산 결과는 이동수단 비용을 제외한 값이었다. 여행하다 보면 자잘하게 나가는 돈도 꽤 있을 텐데 이제서야 내가 가져온 예산이 부족하다는 것을 실감했다.

나는 여행을 가기 전에 유럽 여행을 하는데 얼마나 드는지 찾아보지 않았다. 개인마다 다르니까 지금 가진 예산에 맞춰 쓰기로 했다. 그래서 서바스와 카우치 서핑(Couch Surfing · 잘 만한 소파(couch)를 찾아다닌다는 뜻으로, 현지인이 제공하는 숙소에 여행자가 머무르는 것.)을 활용해서 다양한 사람을 만나고 숙박비도 절약할 셈이었다. 그러다 보니 일부러 예산을 빠듯하게 잡았다. 예산을 넉넉하게 정하면 씀씀이가 커질까 봐 우려되기도 했다. 내 눈에 얼마만큼의 잔액이 남았는지 틈틈이 확인해야 절약할 수 있을 것 같아서 환전한 현금을 매일 세어보았다. 하지만 예산을 초과하더라도 통장에 넣어둔 비상금을 쓸 수 있었기 때문에 마음 한편에 믿을 구석이 있는 셈이었다.

멀리서도 눈에 띄는 건물 | 리스본, 포르투갈

예산이 빠듯해 힘들었던 날에 썼던 일기를 보면 예상보다 돈이 많이 들어서 계산하면 할수록 슬프다는 글이 쓰여 있다. 여행하면서 돈 걱정을 안 할 수는 없지만 그런 날에는 여행의 행복을 느끼기보다 빡빡한 현실로 뛰어든 기분이었다.

여행 경비를 절약하려고 맛있는 것을 맘껏 먹지 못하고, 사고 싶은 것도 사지 못했다.

여행하면서 만난 사람들은 돈 걱정 없이 맘껏 쇼핑하고, 맘껏 맛있는 것을 먹었는데 그런 사람을 보니 매우 부러웠다.

나도 그들처럼 쇼핑하고 싶었다. 하지만 지금은 새로운 것은 다 짐이었다. 차라리 가진 것을 정리하는 것이 나았다. 내가 더 많이 가지려고 욕심내는 만큼의 무게는 고스란히 나의 몫이니 말이다.

그래서 필요 없는 것은 버리고 정리했다. 샴푸와 린스는 숙소에 머물 때 비치된 제품으로 채웠다. 가져온 타월은 스포츠타월 1장이 전부였는데 숙소를 옮겨다니다 잃어버려서 깨끗한 면 소재 옷을 수건으로 쓰고 세탁하고 말리기를 반복했다.

집에 있는 많은 수건이 생각났다.

나는 생활용품을 내가 원할 때 꺼내쓰면 될 정도로 많이 갖추고 살았다. 구겨진 옷을 펴려고 물을 묻혀 탈탈 털면서 집에 있는 다리미가 생각났고, 매번 돈 주고 물을 마시다 음식점이나 곳곳에 있는 정수기가 떠올랐다. 정말 많은 것들을 소유하고 편의를 누리며 살아왔다는 것을 알았다.

지금껏 특별한 생각 없이 편하게 써왔던 것들이 꽤 많았다. 그래서 갖고 싶은 것을 갖지 못해 불평하는 것이 아니라 부족하지만 가진 것에 감사하게 생각했다.

그 외에도 길을 잃었을 때도 결국 찾은 것, 하마터면 놓칠 뻔한 버스를 가까스로 탄 것, 친절하고 고마운 사람들을 만난 것, 저렴하지만 그래도 묵을 숙소가 있는 것, 마음이 맞는 친구를 만난 것도, 내 소식을 궁금해하는 사람들이 있다는 것, 큰 위험 없이 여행을 한 것, 재미있는 추억이 생긴 것 등 여행을 하면서 어려운 때에도 그나마 다행이라고 여길만한 요소는 하나쯤 있다.

감사하는 자에게 감사할 일이 생긴다는 말처럼 여행 내내 감사한 일들이 사라지지 않았다.

가장 크게 감사할 일은 이 모든 것을 알게 한 기회를 얻은 것이다. 부족함이 없었다면 풍족함도 몰랐을 것이다. 혼자 여행을 하지 않았더라면 지금 이렇게 여행에 대해 글을 쓰지도 못했을 것이고, 여러 사건을 겪어보지도 못했을 것이며, 좋은 사람의 영향을 받지도 못하고, 여행을 갈 그 언젠가를 계속해서 기다렸을 것이다. 먹고 살기 바쁜 와중에 여행을 갈 수 있었다는 자체만으로도 충분히 복 받은 것이다.

절약하느라 조금 아쉬운 여행이 되었을지는 몰라도 내 여행에 만족한다. 다시 여행을 떠났던 그때로 돌아가서 여행을 갈 것인지 물어본다면 무조건 간다고 할 것이다. 그만큼 혼자 한 여행은 내 삶에 오랫동안 잊히지 않을 추억과 이야기를 선물했다.

게다가 원하는 시간에 원하는 곳에서 머물 수 있다는 것은 누구나 원하지만 쉽게 하지 못한다. 100일 동안 그렇게 했으니 난 얼마나 행복한 사람일까?

감사하는 마음은 사람을 행복하게 만든다. 당연한 것이 당연한 것이 되지 않는 생활을 알았기 때문이다. 여행은 끝났지만, 혼자 다니면서 벅차올랐던 순간을 떠올리면 여전히 마음이 뭉클하다.

여행이 끝났다고 해서 행복하지 않은 것은 아니다. 특별한 기회를 누리고 무사히 돌아왔고 그 경험을 많은 사람들과 나누게 되었으니 말이다.

나는 내가 누리는 모든 것이 축복이고 행복한 사람이다.

6
변화는 한순간에 일어나지 않는다

나는 내 삶을 내가 원하는 방식과 내가 원하는 모습으로 살아보고 싶어 혼자 여행을 떠났다. 아마 그때 빨리 구경하고 유명한 곳만 둘러본다면 여행이 한 달 만에 끝났을 것이다.

하지만 혼자서 여행을 오래 해본 적은 없어도 분명히 무엇인가 있을 것 같았다. 왠지 모르게 여행을 다녀오면 나도 바뀌어있을 것 같았다. 무엇을 어떻게 해야 할지 정확히 모르는 상태였지만, 여행을 하면서 보고 느끼는 것이 많아질수록 내 삶이 조금 더 나아질 것 같았다.

그러나 변화는커녕 여행 전과 후가 똑같았다. 현실로 돌아와서는 여행 다녀오느라 모아둔 돈이 떨어져서 다시 직장을 구해야 해서 여행 전과 다름없는 일상을 보내야 한다는 것이 조금은 충격이었다.

하지만 자기가 원하는 대로 살려면 용기와 희생이 필요하다는 것을 알게 되었다. 나는 내가 원하는 모습을 살고자 여행을 계기로 바뀌고자 했는데 돌아온 후는 그렇지 않다고 느꼈기 때문이다.

여행을 가기 전에 내가 꼽던 나의 단점은 '끈기가 부족하다는 것'이었다.

무엇인가 하나를 진득하기보다는 이것저것 찌르고 다니는 편에 속했던 나는 한 가지를 파고드는 사람을 보면 존경스러울 정도였다. 나는 할 수 없는 부분이었기에 언젠가 나도 포기하지 않고 계속 알아가고 싶은 한 가지가 생기길 바랐다.

유럽 여행에서 마지막 도시였던 영국 런던에서 길을 거닐다가 문득 이런 생각이 들었다.

내가 끈기가 없는 것이 아니라 목표를 너무 높게 잡은 것은 아닐까.

나는 좋은 친구를 만나 시간 관리와 습관들이기를 배우게 되었다. 그 친구는 장차 시간 관리의 전문가가 될 정도로 오랫동안 그것의 중요성을 알고 실천하고 있다.

친구 덕분에 나도 작은 습관을 계속해서 반복하려고 관련 애플리케이션을 사고 책을 읽어도 정작 실천하기는 쉬우면서도 어렵다. 그 작은 것을 꾸준히 하기도 힘든데, 그것이 반복되어 내가 아무 생각 없이 할 수 있을 정도가 되어야 내 것이 될 수 있다.

여행 후에도 무작정 바뀌기만을 기다리면 변화는 일어나지 않는다. 여행하면서 내 마음을 움직이고, 생각을 바꾸게 했던 것들을 잊지 않고 그렇게 되기 위해 작은 행동을 하는 것이 변화의 시작이다. 그렇게 하지 않으면 여행 전과 후는 다름이 없다.

절대로 변화는 쉽고 빠르게 나타나지 않는다.

여행을 다녀와서 아무것도 변한 것이 없다고 불평하기보다 여행을 통해

얻을 것을 얼마나 실천하고 있는지를 고민하는 편이 낫다. 내 곁의 소중한 사람들을 챙기기로 마음먹었다면 하루에 한 명씩 먼저 연락을 해보거나 손 편지를 써볼 수도 있다. 이런 작은 것들이 쌓이고 계속하다 보면 그것이 나에게 녹아든다. 그래서 결국 목표는 높되, 한번에 이루고 싶은 욕심은 만족하지 못하게 된다.

또, 결과가 나올 때까지 참고 기다릴 수 있어야 한다. 그렇게 천천히 혼자 여행하며 좋은 곳을 보고 느낀 것 중의 하나라도 내 삶에 접목하면 된다. 많은 것을 얻으려고 하기보다는 하나의 여행에 한 가지라도 얻어올 수 있다면, 그 노력이 계속되었을 때 삶은 전과 달라져 있으리라 확신한다. 한 번의 여

세비야에서 올려다 본 하늘 | 스페인

행으로 인생이 달라질 수 있다면, 어느 누구도 여행을 떠나지 않을 사람은 없을 것이다.

나는 또 여행을 준비하고 있다. 지금과 다른 그런 여행을 준비하며 그런 여행을 만들 꿈을 꾸고 있다. 절대 현재에서 멈추지 않고 더 달려갈 것이다.

맺음말

혼자 가는 여행은 인생의 확실한 투자

'투자'는 이익을 얻기 위해 어떤 일에 자본이나 시간 혹은 정성을 쏟음을 뜻한다. 투자 대상은 사람마다 다르지만, 최고의 투자는 쏟은 노력 대비 큰 성과를 얻는 것임은 같다.

혼자 하는 여행이 끝난 뒤 확실히 알게 된 것이 있다. 인생의 최고의 투자는 바로 '나에게 하는 것'이며, 혼자 하는 여행이 최고의 방법이라는 것이다.

처음 여행을 시작할 때는 여행에 드는 비용과 시간이 아까웠다.

만약 그때 여행을 떠나지 않았더라면 그 시간에 일을 해서 지금보다 더 많은 돈을 저축할 수 있었다. 나는 그것을 알고 있었다. 그리고 가능하다면 정말 그렇게 하고 싶었다. 하지만 지금 당장 내 인생의 3개월이라는 시간과 3개월간 더 일을 해서 돈을 모은다고 해서 무엇이 바뀔까? 돈이 그렇게 중요한 것일까? 라는 물음이 계속되었다. 지금 내 나이에 그럴 필요는 없을 것 같았다. 돈과 안정이 중요하지 않아서가 아니라 아직 젊고 기회는 많기에 그것을 최우선 순위에 두고 싶지 않았다. 결국, 결정을 내리고, 기대를 현실로 바꾸기 위해 내가 해야 할 몫만 남았다.

나는 내가 투자한 것에 대한 보상을 원했다. 그냥 돈과 시간만 쓰는 여행이 아니라 나에게 남는 것이 있어야 한다고 스스로에게 신신당부했다. 그것이 어떤 것이 될지도 모른 채 떠났지만, 정확히 몰랐기 때문에 모든 것에 가능성을 두고 더 세심하고 관심 있게 볼 수 있었다.

여행하면서 어떤 일을 겪을 때마다 기존의 내 생각이 바뀌고, 지금껏 몰랐던 내 모습을 보게 되면서 낯설게 생각한 적도 있었다.

멋진 마인드와 자신만의 방식으로 삶을 사는 사람들을 보면서 나는 너무 작은 것에 마음 졸이고 팍팍하게 산 것 같았다. 어디에 있던지 내 마음의 영향을 받음을 알았고, 여행하면서 스쳐 지나가는 많은 사람을 보며 나와 비슷하거나 완전히 다른 다양성을 보았다. 닮고 싶은 부분은 따라 닮고 싶었고 그렇지 않은 부분은 혹시 내가 갖고 있지 않은지 되돌아보게 했다. 내가 보고 느낀 대로만 살 수 있다면 분명히 여행 전의 나와 같을 수 없었다. 내가 원하는 모습으로, 조금 더 나은 내가 되는 데 충분한 계기가 되었다.

여행하면서 무엇인가 얻어내겠다는 마음은 자연스럽게 녹아들어 여행이 내게 가르쳐주는 것을 기록하는 데 집중했다.

혼자 가는 여행을 선택함으로써 얻는 것은 '돈'은 아니지만 '기회'였다. 여행 전에 스스로에게 약속하는 셈으로 부모님에게 분명히 여행에서 쓰는 돈만큼 회수할 것이라고 했었다.

책을 쓰게 된 것도 그중의 하나지만, 앞으로 관련 분야에서 활동할 기회가 생겼다. 내가 좋아하는 것을 계속해야 할 명분이 생겼고, 스스로 만족할 수 있는 모습에 가까워질 수 있으니 말이다. 그때 떠나지 않았더라면 이 책도, 지금의 나도 없다.

아직도 기회는 많고 가능성은 무한하다. 이 정도면 내 인생에 최고의 투자라고 할 만하다.

뭔가 투자를 하고 싶다면 다른 투자처를 찾기보다 자신에게 맡겨보는 것은 어떨까? 투자는 불확실하고 리스크가 있지만 가까운 곳에서 어떻게 신행되고 있는지 잘하고 있는지 확인할 수 있다. 혼자 하는 여행은 알게 모르게 여행자 내면에 영향을 끼칠 것이다. 무슨 일을 하든지 사람이 중요한 것처럼 자신을 다듬고 발전하는 시간이 될 것이다.

앞으로도 나는 혼자 하고 혼자 가는 여행을 계속할 것이다. 한 권의 책을 써냈다는 것이 실감이 나지 않지만, 최대한 내 경험과 느낌을 토대로 쓰려고 했다. 스스로에게 부끄럽지 않기 위해서라도 책의 내용대로 살아야겠다고 다짐한다.

마지막으로 사랑하는 부모님, 항상 제 결정을 지지하고 믿어주셔서 고맙습니다. 표현은 잘 못하지만 언제나 부모님을 사랑하는 제 마음 아시죠?

가까운 곳에서 응원을 아끼지 않았던 특별한 친구들과 여행을 포기하지 않게 지켜봐 주신 분들은 찾아뵙고 인사드리겠습니다. 책을 낼 기회를 주신 북오션 대표님은 평생 잊지 않을게요.

지금껏 도와주신 많은 분과 여행하며 만나고 스쳐 지나간 모두에게 감사 인사를 전합니다.